亲切的关怀

——2012 年温家宝总理与北京公交员工共度五一国际劳动节

万紫千红

——敬献公交战线上的所有劳模先进（作者：爱新觉罗·金大钧）

情满公交

北京公共交通控股（集团）有限公司
北京作家协会 编著

图书在版编目（CIP）数据

情满公交 / 北京公共交通控股（集团）有限公司　北京作家协会编著.
—— 北京 ：团结出版社，2012.5
ISBN 978-7-5126-0893-1

Ⅰ. ①劳… Ⅱ. ①北… Ⅲ. ①诗集－中国－当代 ②汉字－法书－作品集－中国－现代 ③绘画－作品综合集－中国－现代 Ⅳ. ①I227②J121

出　版：	团结出版社
	（北京市东城区东皇城根南街 84 号　邮编：100006）
电　话：	（010）65228880　65244790
网　址：	http://www.tjpress.com
E-mail：	65244790@163.com
经　销：	全国新华书店
印　装：	三河市腾飞印务有限公司
开　本：	170X240 毫米　　1/16
印　张：	19.25
字　数：	250 千字
版　次：	2012 年 6 月　第 1 版
印　次：	2012 年 6 月　第 1 次印刷
书　号：	978-7-5126-0893-1/J·80
定　价：	29.80 元

（版权所属，盗版必究）

劳动创造幸福

梁伟
二〇一二年五月

编委会名单

编委会： 程惠民　王升山　史继中　晏　明　王春杰
　　　　　杨　健　石曙光　朱　凯　刘润芳　冯幸福
　　　　　洪崇月　钟强华　董　杰　金耀辉　景长华
　　　　　张荣生　南　涛　徐国明　张俊前

主　编： 刘润芳

执行主编： 黄殿琴

责　编： 王桂云　温　博　张建军　袁红霞　王　军
　　　　　马　欣　刘珊宇　王　宁　赵燕杰

编　辑： 关　义　李建华　关秋茗　张　晋　苗　艇
　　　　　张新齐　龚国琪　高春生　关秀来　高永杰
　　　　　冯　薇　李玉梅　金安山　张丽香　唐　婷
　　　　　黄　硕　张　迪

插图设计： 张建军

序 一

　　有幸在第一时间拿到"情满公交"诗集初稿，一经研读便让人不忍释手，万千感慨也油然而生。心中涌起的不仅仅是那种发自内心的真挚感动，以及对诗歌创作者的由衷感激，而更多的是对首都公交几十年发展变化的深切感悟，还有对奋战在首都公交战线上全体劳动者的无比崇敬！

　　从这部诗集中我看到：在国家和市委市政府"公交优先"英明政策的指引下，在全市各行各业劳动人民群众的支持帮助下，首都公交赢得了日新月异的长足发展。公交车辆几经更新换代，已经成为安全舒适、节能环保的城市流动风景，公交线路多次调整拓展，已经成为覆盖全市、四通八达的运输网络。首都北京的每一天，奔驰在数百条线路上的数以万计的公交车，迎来每一次晨曦，送走每一片晚霞，不仅是首都劳动人民群众须臾不可或缺的亲密伴侣，也同样是四海宾朋、八方来客时刻紧密相随的温情港湾。

　　从这部诗集中我看到：今年五月一日，温总理来到公交慰问一线职工时的亲切教诲言犹在耳："你们的辛勤劳动应当得到全社会的尊重"。几十年来，公交职工始终信守着"一心为乘客，服务最光荣"的企业精神，"宁愿自己千辛万苦，不让乘客一时为难"的优秀文化在冯广善、赵淑珍、任玉琢、李素丽等一代又一代劳动模范的传承中发扬光大，在广大的公交职工队伍中落地生根、开花结果。十万公交职工用最辛勤的汗水、最无私的奉献，见证着伟大出自平凡的真理，诠释着"工人伟大，劳动光荣"的真谛。

从这部诗集中我看到：在响亮的向文化大发展、大繁荣进军的声声号角中，这样多的才华横溢的诗人、作家，能够俯下身来脚踏实地的深入到公交最基层的劳动者中，用他们敏锐的目光和独特的视角来审视和感知劳动者的精神世界，创造出充满激情的诗句来赞美和讴歌普通劳动者的平凡工作和优秀品质，字里行间传递着全社会对公交战线广大职工的高度尊重和深厚情意，这是多么的难能可贵。文化是民族的血脉，是人民的精神家园，也是城市发展进步的灵魂。当今时代，诗人辈出，火热的一线正是诗人、作家获取创作灵感的不竭源泉，真诚的期望有更多的诗人和作家深入一线、深入到普通劳动着中间，与我们工作在第一线的业余诗人一起，为劳动创造幸福的主旋而放声讴歌！

北京市总工会党组书记、副主席

2012 年 5 月

序 二

歌以咏怀，诗言志。《情满公交》就是一本咏怀言志的诗集。所咏的，是公交人"以人为本、乘客至上"的高尚情怀；所言的，是公交人同心同德、建设人民群众满意公交的豪迈志向。值此之际，先要对诗集问世给予充分肯定和真挚祝贺；向创作者饱含激情的笔耕从心里道一声"辛苦了！"，向来自公交运营一线职工创作者们致敬！翻阅这本诗集，让人的思考也如同汩汩流淌的诗句一般奔涌上来——

公交离诗歌远么？非但不远，而且很近。公交人日复一日披星戴月辛勤工作，为四海宾朋、八方乘客提供方便周到的出行服务，让公交车成为"流动的温馨家园"，这本身就是朴实无华的诗章，是生动感人充满诗意的画面；

公交离文化远么？非但不远，而且很近。歌颂工人伟大、劳动光荣，在社会主义文化大发展大繁荣的今天，传承发展公交优秀文化，用文化力提升公交文明素质和整体服务水平，这本身就是在挥毫书写着新时代的公交文化；

公交离价值追求远么？非但不远，而且很近。在真善美的旅途上，公交人脚步始终执着。正如温家宝总理今年"五一"国际劳动节看望公交职工时所说："公交不仅要为北京市民服务，而且要为全国乃至世界各国来北京的人服务，你们的劳动很辛苦，应该得到乘客和全市人民及全社会的尊重。"总理谆谆话语，是对公交人价值追求的深刻诠释，这本身就饱含了温暖如春的美好情感。

这本诗集是许多知名诗人和公交职工联袂创作完成的，称得上是公交与社会文明共建的又一次"珠联璧合"。公交服务奉献社会，社会理解赞誉公交，以诗为媒，做了有益成功的尝试。品读每一首诗，都是真情实感的自然流露，亲切、质朴、平实、温馨，符合公交人的性格特点和岗位特征；在字里行间能找到你、我、他的身影，能折射出公交人"一心为乘客，服务最光荣"的精神光芒。因此，更增添了诗歌的可读性和感染力。艺术源于生活，公交这块沃土滋润哺育了公交诗歌的生命力。

借这个机会，再说几句希望的话。希望干部职工闲暇时读读这本诗集。用诗歌净化心灵，陶冶情操，鼓舞士气，提升文明素质；用诗歌赞美公交人为北京这座城市付出的劳动和做出的贡献，进而创作出更多更好的诗篇和文艺作品；用诗歌这枝艺术之花，装点公交优秀文化的花坛，使公交优秀文化焕发出新时期的绚丽光彩。文化需要创造发展，文化创造发展的根本是为了人的发展。祝愿公交优秀文化枝繁叶茂，新一代公交人文明素质不断提高，为公交事业新的发展谱写壮丽诗篇！

是为序。

北京公交集团党委书记、董事长、总经理

2012年5月

目录

写在前面的话 …………………………………………… (1)

流动的风景

通往春天的公交车 ………………………… 苏叔阳 (5)
阳光河 …………………………………… 张国领 (8)
谁是享受诗与歌和锦旗的人 ……………… 王德祥 (10)
奔跑的大爱　流动的家园 ………………… 赵国培 (12)
公交印象 ………………………………… 汪国真 (15)
走近那些宜人的面孔 ……………………… 王德兴 (16)
歌儿，唱给起早贪黑的小妹大哥 ………… 王德祥 (18)
我骄傲！我是公交人 ……………………… 关登瀛 (20)
辛勤公交人 ……………………………… 刘晓东 (24)
家在途中 ………………………………… 王德兴 (26)
向一朵微笑的花致敬 ……………………… 张庆和 (28)
你们对我说 ……………………………… 童道明 (31)
唱一唱司乘人员（歌词） ………………… 王德祥 (32)
北京声音 ………………………………… 程步涛 (33)
梦想……在路上 ………………………… 孙维媛 (35)
没有回报的"人生" ……………………… 毛梦溪 (37)
公共汽车 ………………………………… 马俊华 (39)
你 ………………………………………… 孙　强 (40)
流　线 …………………………………… 蒋　泥 (41)
为人民服务的事业没有终点 ……………… 刘珊宇 (42)
我爱这宽阔的停车场 ……………………… 马　欣 (43)

— 1 —

挤　车	张庆和（44）
一路平安	孙维媛（45）
路　灯	晓　雪（47）
末班车回场	雷　霆（48）
一个社会	雷　霆（49）
马路天使	莫文征（50）
末班车行驶在除夕的钟声里	顾子欣（51）
流动的风景　时代的先锋	桑恒昌（53）
我和你有个约定	王升山（55）
公交的辉煌	毛梦溪（57）
每日追逐着歌一般的倩影	莫文征（59）
都市之魂	曾凡华（60）
踏雪行	张世俊（62）
公交车上的手语者	程步涛（63）
电车穿越历史的风景	顾子欣（65）
城市绿色名片	郭宗忠（66）
北京公交礼赞（组诗）	林　贵（68）
为了这个普通的正常	刘珊宇（71）
这里有棵精神树	张庆和（73）
八方达，我的亲人	马光复（75）
从田埂上走来的农民工大军	陈松叶（79）
从雷锋示范站台到温馨港湾	陈满平（81）
我家楼下的快速公交	大　卫（83）
长安街上的1路公交车	李木马（84）
北京长安街一道风景	柯　梦（87）
荣誉的光芒	王　健（90）
双层的爱	莫　非（92）
驿动的家	郭宗忠（94）
你们和太阳同行	刘丙钧（97）
保修安全是幸福的源泉	黄殿琴（99）
送你一路平安	关登瀛（101）

向公交车上的司乘人员致敬	江　枫	(103)
咏103路无轨车	顾子欣	(105)
美好的心灵出风景	张庆和	(107)
京通这条路	刘珊宇	(109)
石榴花与香椿树	陈满平	(111)
在特9路上	莫　非	(113)
流动的城市风景（组诗）	耿国彪	(115)
电车上的乘务员	周启垠	(118)
雪夜，他走在山路上	刘丙钧	(119)
昂起尊严的头	马光复	(121)
黑夜中的一束亮光	马　欣	(123)
公交战线的后勤兵	赵李红	(125)
做最好的自己	老　健	(126)
一个人的路走成了幸福	郭宗忠	(128)
一棵感恩的树	刘丙钧	(131)
鹊鸣之歌	陈满平	(136)
劳模的手	柯　梦	(139)
永不消失的笑容	马　克	(141)
放飞春天的人	王　健	(144)
劳模之歌（二首）	林　贵	(147)
公交劳模速写（组诗）	李木马	(150)
记835路司机韩扬	陈松叶	(155)
好婆婆	雷　霆	(157)
熟悉的陌生人	雷　霆	(158)
公交的"车医生"	老　健	(159)
0.1永远大于零	黄殿琴	(161)
指路人	高若虹	(163)
忍	高若虹	(165)
公交天使赞	张　虎	(167)

诗情满公交

温总理走到公交来	李小龙	(171)

总理与公交	张黎明	(172)
五月的记忆	张克乾	(173)
献给劳动者的歌	刘　静	(177)
最　美	崔媛媛	(180)
星星　梦想　她	秦瑞林	(182)
公交先锋　无悔人生	郑地宝	(183)
写给平凡的你	郑　颖	(187)
歌　唱	郑亚芬	(189)
不是第一次	安立荣	(191)
春天的画卷	刘俊华	(193)
蓝色畅想曲	刘金凤	(194)
流动的风景	王　菊	(195)
平安曲	王克强	(197)
守　候	王丽霞	(198)
微笑的北京公交	贾向英	(199)
品读公交人生　伴随都市成长	杨晓帆	(200)
晨　风——公交礼赞（外一首）	高云峰	(203)
备战奥运的公交人	刘　静	(207)
公交在我心中	段建伟	(210)
保修职工的手	郭燕伟	(212)
先进颂	马　良	(214)
我们是公交车的护航使者	王启东	(217)
在路上	郭景富	(218)
无悔的选择	王素梅	(220)
公交劳模赞歌	李晓光	(221)
第　一	刘　静	(222)
蓝色花朵	于　燕	(226)
雪中的风景	张秋燕	(227)
马路天使	张秋燕	(229)
有种青春叫担当	崔媛媛	(231)
为公交人喝彩	宋　哲	(233)

平凡的演出	于 燕	(234)
公交人的春夏秋冬	苏 涛	(235)
蝉鸣枝头	袁世敏	(236)
赞蓝衣精英	张敬周	(237)
公交人	胡庆斌	(239)
我骄傲,我是公交人的妻	沙建梅 邱京生	(241)
远 航	胡 雪	(243)
把青春献给公交	安立荣	(244)
当我已不很年轻	周东海	(246)
飞翔吧梦想	匡春红	(248)
我是爱的传播者	王丛会	(251)
我是公交驾驶员	王丛会	(252)
赞 美	吴清华	(254)
历史的车痕	裴洪阁	(257)
都市之夜	孙 旭	(260)
首都公交乘务员——北京精神践行者	金卫红	(261)
骄傲啊,我是公交优秀文化传承者	马 强	(263)
你好,公交车司机	彭文凯	(265)
"她"	段贤达	(267)
微笑的魅力	周东海	(269)
车	王秀辉	(270)
最初的信念	段建伟	(273)
大山的儿子	马振涛	(276)
在这里	陈婧靓	(278)
光荣的公交保修工	曾 荣	(280)
我把赞美的歌 献给公交保修工	曾 荣	(281)
公交先锋	张黎明	(286)
雏菊的理想	韦 鹏	(287)
晨 曦	宋桂玲	(289)
后 记		(290)

写在前面的话

　　北京公交1921年诞生，一路走来风雨兼程，九十一年岁月如歌。一代又一代公交人，用辛勤的劳动创造了今天的成就。如今，随着首都国际化大都市的建设，北京公交进入了一个新的发展阶段，"公交优先"的理念已经成为越来越多人的共识。传承历史，展望未来，为了让更多的人了解公交，展示公交员工热心为乘客服务的平凡事迹和高尚的情怀；为了宣传公交绿色出行低碳环保的理念，让更多的人出行选择公交，2012年5月由北京公共交通控股（集团）有限公司工会和北京市作家协会诗歌委员会联合诗歌创作者以及公交员工共同创作和编纂了这本题为"情满公交"的诗歌集，献给公交职工，献给为公交事业的发展做出贡献的所有参与者。在为期两个多月的创作中有46位诗人和51位公交员工创作143篇优秀作品，最终汇编成了《情满公交》这本诗集。

　　诗集共分两部分，第一部分由作家协会诗歌委员会的46位诗人、作家通过深入公交11个运营、保修单位，与基层领导和在员工座谈，体验北京公交员工的生活，感受北京公交发展变化，收集创作素材，激发创作灵感，赞美公交在城市建设和绿色出行中发挥的作用，取得的辉煌成就；讴歌公交战线上的广大职工、先进集体、典型人物的敬业精神和感人事迹。第二部分是由公交员工自己创作的诗歌，这些诗歌爱好者对他们多年来从事的工作，所处的集体即事感怀，热情讴歌，表现出公交人对自己工作岗位和生活的热爱。

　　诗浓情更浓。愿首都公交成为人们生活中的伴侣，愿首都公交人的优秀品质和无私奉献的精神传承发扬，为"建设人民群众满意公交"，再展新风采，再创新辉煌。同时，也愿这本诗集能成为广大读者认识首都公交和公交人的一个窗口。

　　德为邻，诗会友，公交情浓似酒。若把车窗比画框，与君同在画中遊，京城处处皆锦绣。

北京公共交通控股（集团）有限公司工会

流动的风景

通往春天的公交车

苏叔阳

那年　春节第一天的黎明
我佩戴着除夕夜新得到的
——"老年优待证"
走
出
家
门

天空刚刚掀开夜的棉被
所有的星星都睡眼惺忪
街道和路灯打着哈欠
把腿伸向路尽头
那一片青色的朦胧
晨风开始打扫花炮的外衣
几个留恋央视春晚的爆竹
炸响　最后的　几声
路灯　一个个　熄灭
哦　一辆公交车驶出了梦境
停在我的面前
我的心快乐又轻盈……

车厢里温存有如家一般的宁静

如花的乘务员有双如水的眼睛
她微笑着问我："您去哪儿老先生"
我说："没准地儿 只想看看 黎明
看看春节的清早儿
看看春天的北京
每天的日出对我都新鲜呐
更况乎春节第一天的黎明"

我要到哪里去？要去哪里
公交车载我到了城北郊野
我像看见农田里遍地青葱
我曾在那儿啊！锄禾日当午
也在那儿！栽种出柳绿花红
公交车载我去往朝阳
顺畅地一路向东——向东
我在这儿度过教书的岁月
和祖国一道从灾难里重生……

要去哪里？我要到哪里去
公交车载我去往海淀和西城
多年前我是那儿莽撞的学生
我在那里经受了人生头一场暴雨
也在那儿收获了不会衰老的爱情
啊！品味这公交的名字
像爱情一样入口 入心 入神 入情
那天，公交车载我走遍北京
一上午我行走在往事之中
每辆车都有如花的青春
每辆车都有飞扬的歌声……

无论我要去哪里？要到哪里去

哦,谢谢你哦,我的公交车
你让我永远怀揣四季的风景
你让我一生走不出我的北京
过去的今天的现实的梦中的
混杂成斑驳而又清晰的北京
你的车灯——就是一双眼睛
看见我人生——每一段路程
每辆车都辗过曾经的欢乐或忧愁
每辆车都装载今天的幸福或迷蒙

源远流长的记忆
一天天的铺展开来
我所有的日子
都被你滚滚向前的车轮拉走
无论悲怆戚然
还是奋斗激情
都在你走过的路上
不是被风化成了尘土
便是在记忆中结晶

当夕阳的火柴头
又擦过暮色的鳞片
哦,公交车
没名儿也没姓儿啊
可你本身就已是纵身的历史
哦,我的公交车
里面住着——各路神仙
哦　属于北京的公交车
更属于她曾经无奈的萧索
更属于她应有的辉煌光荣

阳光河

——写给首都的公交车

张国领

一条阳光的河,流过城市
一条城市的河涌动着阳光
平平稳稳地流着一河温暖
平平稳稳的总也没有波浪

流动着阳光却不等待太阳
流动着阳光却不躲避月亮
在太阳与月亮间日夜穿梭
把阳光和温暖流淌在心上

春暖花开时你的微笑盛开
勤奋的人儿追着你的芳香
在笑脸齐放的无边海洋里
你用鲜艳夺目为人们导航

三百六十五天你从不失约
让每一个等待都充满希望
风霜雪雨你从不停下脚步
让每一个追赶都有了方向

在你的字典里啊没有陌生
在你的眼睛里啊都是爹娘

作者:李新政

在你的胸怀里啊有个世界
在你的世界里啊北京至上

都在说爱国创新包容厚德
你却用行动诠释深刻思想
阳光的河奔涌在大街小巷
谁都能听懂你无声的宣讲

有人说你是一张北京名片
我却说你是一首爱的交响
在首都气势磅礴的乐章里
少不了你深情贴心的诗行

是你为春天捧出一片碧绿
是你为夏天撑起一片荫凉
是你给秋天带去金色祝福
是你让冬天始终春意荡漾

一个站牌是一个心灵驿站
只要等候心都会霍然开朗
期待中驶来的是一辆车吗
分明是我不曾丢失的向往

谁是享受诗与歌和锦旗的人
——献给公交战线上的司乘人员

王德祥

如果提笔写诗
便会想起
公交战线上
万万千千
默默奉献的忙碌者

如果开口唱歌
更会懂得
马 路 上
一辆辆奔驰的公交车
才是最迷人的流行乐

正是因为这些
司乘人员的敬业与执着
城市的每一分每一秒
都保持着
高速度快节奏的风格

正是因为
这些献身于公路间的普通劳动者
人人具有雷锋一样的美德

乡间广袤的田野
才能疯长丰收的稻麦和瓜果

心系万万千千乘客的人儿
最有资格享受诗的赞美
歌的咏唱和锦旗鲜艳的色泽
美丽的诗行就该献给他们
动听的歌儿也该唱给他们

作者：王 庭

奔跑的大爱　流动的家园
——献给可爱可敬的公交人

赵国培

提起公交
众口一言——
方便！

胡同口
公园前
学校幼儿园
机关养老院
社区商店
大街沿线……
繁星般的车站
亮满京城
八方四面
就连远郊区县
也"村村通"啊
蛛网般撒遍
连接万户千家
告别出行难

看那驾驶员
大睁亮眼
稳操胜券

手中的方向盘
灵巧地画着圆满
转啊转
转着敬业
转着勤勉
转着快速
转着安全

看那乘务员
春风满面
声音婉转
百灵一般
殷勤报站
热情指点
尊老爱幼
真情一片
恰似夏日习习凉爽
犹如严冬缕缕温暖

尽管有时拥堵
车厢变成茶馆
但车轮不会停转
目标依然在前
关内塞外
地北天南
相聚同一怀抱
今生分明有缘
心急且步行而去
安坐者难得悠闲
怨言转为倾诉
交流增添空间

我的诗篇
该怎样吟咏你啊
我们的公交
奔跑的大爱
流动的家园
太阳哪有你亲近
画面哪有你新鲜
生活因你而多彩
都市因你而高端
乐享你的无限
一方方心田
都会千般感慨
总有万种爱怜

作者：刁立声

公交印象

汪国真

仿佛
城市的血脉
又似航船置身于
无垠的海

在流逝的
岁月中
其实,是历史
在驶向未来

作者:刁立生

走近那些宜人的面孔
——献给刘俊华和千千万万的公交人

王德兴

走近那些宜人的面孔
总感到与一个季节的旖旎与妩媚有关
那份源自三月的生动表情
温馨扑面　光彩照人
置于其中　如沐春风
一座　城市的　形象
从此变得格外真实与美丽

其实，在许多人的心目中
公交恰似一帧流动而立体的风俗景观
她穿梭于巍峨之中
绽放在日月之间
从此，暖意与芬芳
就以这种流淌和穿梭的方式
植入每一条线路　扎根每一条街道
甚至驻足每一位乘客的心头
汇成人间一种深挚的惬意与感激

走近那些宜人的面孔
总感到与一个人的修为与道德有关
那位名作雷锋的生命基因

虽历经五十年的风雨和半个世纪的沧桑
却依然枝繁叶茂甚至蔚然成林
一个真诚的微笑一声亲切的问候
均被提炼成竭诚服务的心灵玉石
晶莹剔透　而　璀璨夺目
一次热情的搀扶一份真诚的尊重
都被风化作繁植真　善　美的沃土
茁壮起古老民族崭新的渴望
一支队伍的风范一个集体的涵养
就在这司空见惯中积淀成
温文尔雅的彬彬有礼的文明气质

对于那些以方便乘客为宗旨的劳动者而言
周而复始的年复一年的全部要义
就在于对有限路程与无限服务的执著坚守
于是，不管刮风下雨还是酷暑严寒
他们都一如既往的无悔奉献
南来北往的疲惫总能在这里得到消解
四面八方的拥挤总能在这里趋向井然
内心的焦虑和身上的压力
自从踏入车厢的那一刻起
即被始终燃烧的关爱所熔化
和谐的愿景就是通过平凡而热忱的姿态
持续以电波以图像或文字的形式
飞越一扇扇窗口穿过一节节车厢
回荡在时空　闪烁在荧屏　栖落在报刊
奏响盛世中国激越而动听的编钟之声……

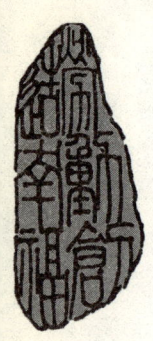

歌儿，唱给起早贪黑的小妹大哥
——致公交战线上的司乘人员

王德祥

清晨
他们头顶
星斗万颗
入夜
他们身披
一肩月色
每天穿行于
沥青水泥铺成的公路长街
护送千千万万
为建设北京而献身的忙碌者

公交战线上的司乘人员
与出行密切相关的小妹大哥
不愧是千家万户的平安使者
风雨袭来
他们照样坚持上岗
冰霜挡道
他们不误正点交接
年复一年　月复一月
从不计较个人的失与得
心中唯牵挂南来北往的客

城市
因他们的尽职尽责
而日夜劲舞欢歌
乡村
因他们的倾心敬业
而忘却何谓辛苦的感觉
共和国母亲
因他们的忠贞与忘我
而永葆青春
每天都充满愉悦

作者：杨熙彤

我骄傲！我是公交人
——献给优秀的公交职工

关登瀛

当我的心和我的血液
融入北京公交的动脉里
我骄傲！我是公交人
当东方的冉冉曙光
给北京的高楼　绿树　鲜花
镀上层层金色的玫瑰
当我的微笑与第一批
乘客的欢声笑语融为整体
我骄傲！我是公交人
我是——骄傲的公交人呀
心里激荡着一代代公交的希望
把每位乘客看做自己的亲人
耳边回响着一代代乘客的祝愿
公交车　伴我们　长大成人
公交车　向每一个城区延伸
脑海镌刻着邓小平南巡讲话的声音
黄包车　人力车　当当车
以及车顶载着大油包的公交车
早已成为遥远的过去无处可寻
现代的公交车呀！群星璀璨　面貌全新
北京公交的发展一步一个脚印

作者：马　锐

不变的是公交人无私奉献的精神
是 70 后　80 后　90 后的一代代新人
我们有胸怀大志的设计师呀
把公交车开往城郊的每个村镇
北京奥运一展公交人的风采
人大政协两会展示公交人的情怀
我们的舞台就是公交站的站台
迎送疏导来自四面八方的客人
我们本着以人为本　全方位服务的宗旨
展现的却是北京精神　民族精神　雷锋精神
我们骄傲！我们是公交人
我们是奉献美的人　创造美的人　书写美的人
我们是十一万具有雷锋精神的大军
我们骄傲！我们是公交人
李芳芳脸上绽放的微笑像孩子般天真
她明媚清澈天真可爱的眼睛
映照着天安门上空的蓝天
映照着蓝天上的朵朵白云
她右臂平举着带柄的指示牌
让公交车一辆辆安全行进
快 1 线前门站是她展示青春的舞台呀
一位病愈的妇女找到了她　感谢救命恩人
324 路驾驶员张颖那双大手呀
是一双弹钢琴的大手呀
却握紧方向盘度过十七个早春
十七年没请过一天病假
奉献 80 多个公休日
节假日上路服务 700 余次
收到各类乘客 150 余件表扬信
她在日记中写道：
给老年人一个微笑

——让他们感受关怀与尊敬
给让座位的乘客一个微笑
——感谢他们友爱的雷锋精神
给外地乘客一个微笑
——让他们感受北京的热情与包容
给自己的爱人一个微笑
——表达他对我工作的支持理解的恩情
给孩子们一个微笑
——让他们感受到美好与纯真
一切的一切都在于别人是否感觉得到
这就是北京市劳动模范——张颖呀
用奉献用无私用智慧书写大写的人
652路驾驶员——刘刚呀
仅2010年就节油1278升
他的节油经验在公交人中传播
称他是发现美创造美的人
在公交人的眼中最珍贵的莫过生命
我们扶老携幼是对生命的呵护
车开得稳开得快是对生命的尊崇
然而听到一声呼救让你献出生命
我们公交人却会义无反顾地给人以生命
郑跃得救了，张国栋的献身感动着世人
在记者采访时——张国栋这样说
在我们公交谁遇到这种事都会这样做的
献血后他出虚汗走路腿发软
问他为什么不休息几天
他说：我是第一线的人我是公交人
那是我的岗位更是我不懈追求的事业
面对荣誉与关爱他流下激动的泪水
这就是我们公交人的性格与尊严
我骄傲！我们是群星璀璨的公交人

注：这是河北邯郸大名三中35岁的女教师郑跃在病床上呻吟的声音：我……不行了，我想……念孩子们……我（要回到学校，在讲台上上课）……郑跃患的是骨髓增生机能综合症。只能骨髓移植，2011年2月，郑跃的病情急剧恶化为急性白血病，血小板急剧下降到1000单位以下，而健康人的指标是10万~30万单位。不巧的是郑跃的血型是稀有的B型RH阴性血，这种血型在我国人群中不足千分之三，又被称为"熊猫血"北京血液中心一时找不到这种血液储备，医院发了病危通知，于是向几家新闻媒体寻求帮助。352路驾驶员张国栋看到这条新闻，知道和郑跃的血型一样，便于2月16日为郑跃献上520毫升血，7月郑跃的血小板又出现异常血液中心仍没找到这种血液，无助的家人怀着忐忑的心情拨通了张国栋的手机，张师傅没有丝毫犹豫，再次献出了520毫升血液。

客二劳模张颖、集团先进李芳芳与关登瀛畅谈

关登瀛将自己出版的图书赠送给职工

辛勤公交人

刘晓东

时间悄叠起
千年尘缘意

京城沉睡中
公交已先行

迎来与送往
披星戴月忙

扶老又携幼
文明礼弘扬

时代大发展
公交创新篇

司乘一体化
运输效率高

雷锋李素丽
心中做榜样

歌喉的洪亮
吹开百花香

爱岗为人民
敬业创佳绩

辛勤公交人
温暖千万客

岁月终易老
人无几重阳

心胸明亮亮
话语响铮铮

北京精神好
共谱和谐曲

作者：王辰虹

家在途中

王德兴

途中那么多的风景
顾不上观赏
家中那么多的亲人
来不及照料
因为,她们的家在途中

谁说:做饭只能用锅碗瓢盆
在这个特殊的环境里
话筒和喇叭当炒勺
笔和挎包作刀板铲子
而票和卡就是各种蔬菜
再加上真诚的话语作调料
不时就可以做出
一席丰盛的精神大餐

这是雷锋叔叔1962年的手臂吗
咋这么及时与有力
从老人到孩子
从中国人到外国人
从早晨到黄昏
真诚扶起每一个艰难与不便

这是李素丽大姐曾经工作的岗位吗

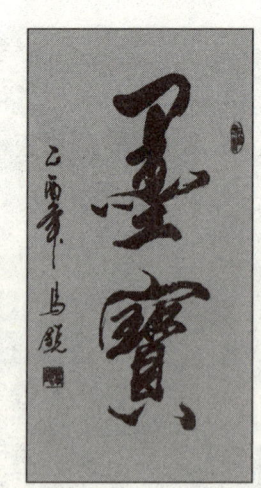

作者:马 锐

怎那么温馨　亲切　周到
从方便袋到针线包
从交通图到晕车药
从报站名到介绍途经的人文景观
舒适优美的动态环境
就在她全身心的精心绘制下
脱颖出古老首都独有的美丽

这是刘俊华同志的发明与创造吗
为何如此新颖　独特　宝贵
从奥运火炬到英语卡片
从心理学书籍到语言艺术
从爱心座垫到"六个一样"和"七个及时"
一个全新的中国女性的
当代形象就这么自信地
从一个下岗女工成为一名全国劳模
从一辆平凡的车厢走进庄严的人民大会堂
最终成为行业的标杆
成为引领文明时尚的一面旗帜
生动在北京的街头抑或时代的前列

当今的中国不乏物化的巍峨与丰富
当文化强国的号角吹响民族崛起的丰碑
一刻也不能缺少精神与道德的强力支撑
循着雷锋的足迹
——李素丽们来了
——刘俊华们来了
她们带来了文明的满目生机
也带来了九州方圆的和谐春潮
告诉你吧！她们本身就是爱的天使
道德的骨骼和灵魂的珍珠……

向一朵微笑的花致敬

　　客四分公司某车队的一名乘务员在清理车辆时,捡到一个钱包,里边有数千元之多,还有几张银行卡,她立即交给了车队。然而,当被找到的失主前来认领时,却硬说少了钱,是乘务员昧下了——

张庆和

这一记伤害实在太重
如利刃扎进心窝
似晴天遭电击雷轰
她哭了
泪水像决堤的江河
滔滔奔涌

怎么能不哭呢
曾经,她唱着
"我在马路边捡到一分钱"长大
从小,她懂得
拾金不昧是人世间
最纯正最高尚的人品和德行
后来,她听着
"雷锋的故事"走向乘务员岗位
深晓"为人民服务"

作者:张　健

要的就是这份真心真意真诚

然而当美好的理想遭遇亵渎
她怎么能不哭呢
哭那份泯灭的良知
哭那截矮化的魂灵
哭那染了钱毒的邪念
如此无情地摧残文明
哭吧！大声地哭吧
愿哭声成为埋葬丑陋的号角
同时也唤醒那些
昏睡浑噩枯萎的人生

然而，她更懂得
哭泣仅属于一种情绪的释放
只能给"郁闷"找个出路
让它走出心室透一透风
改变世风需要优质服务
需要被信念理想
孵化养育的一种理性

彼时彼刻，停车场
响起一阵发车的铃声
该出车了，该上岗了
她把泪水藏匿心底
让它滋润脸上的笑容
去经历一种
被泪水沐浴过后的行程
——乘务员是她喜爱的岗位

公交车是她心灵

第二个"家庭"港湾
那漾出心底的笑意温暖
烈焰撞击出的是骨骼
冰冷暖出来的是魂魄
这份信念使"家人"和"亲人"
一
路
春
风

作者：缘振宇

你们对我说

童道明

作者：童道明

我对你们说：起早贪黑，你们着实辛苦，
你们对我说：披星戴月，苦中也有快乐。
我对你们说：你们的辛苦我看在眼里，快乐又在哪里？
你们对我说：快乐在我们的心里，也在你们的心里。
我们每天都会给　上千万老年人　坐上青年人　让出的　座位，
我们每天都能让　上千万外地人　感到北京人　释出的　热情，
我们　每天　都要　使首都的　血脉　畅通，
我们　每天　都在　把文明的　窗口　滚动。

附言：我是个年逾古稀的老人，每次上公共汽车，司乘人员一定会说："有哪位年轻人少坐一会给这位大爷让个座。"而且还总会有年轻人起来给我让座。"包容厚德"的北京精神，"尊老爱幼"的传统道德，在北京的公交车上体现的较为自然而具体。

唱一唱司乘人员

王德祥

一

太阳还没有起床
东方还没有放亮
司乘人员便开始着装上岗
用车笛向祖国送去第一声问候
用车灯给城乡带来第一缕曙光

二

星星已经爬到天上
月亮开始在云间游逛
司乘人员还在城乡马路上奔忙
为了让每一个乘客平安回家
他们要完成最后一班车的护航

副 歌

可爱的司乘人员
名利抛脑后苦累全都忘
心里只把乘客冷暖装

北京声音

程步涛

来到首都,最早感受到的
是公交车上乘务员的一口儿
——京腔京韵
像阳光一样温暖
琴声一样动听的
——北京声音

那是从心底流淌出来的
清澈的春水
为我们洗去旅途的风尘
柔和的风
款款吹来
让我们忘却疲倦和困顿
空气甜甜的
香香的
我们是快乐的音符
是飞翔的鸟
是舞蹈着的云

就这样
一个站台又一个站台
一条大街又一条大街

北京声音
从帅气的小伙子口里
从美丽的姑娘口里
向我们传递着
温馨
和热情

就这样
北京便长在我们心里了
如同一棵树
年年开花
年年结果
年年都铺开一片
美丽的风景

今天
我又乘上了北京的公共汽车
又听到那让人心动的北京声音
我对自己说
这是祖国在向我们问候
而我们的一切
呼吸
热血
包括生命
都属于你
——我的祖国
——我的北京

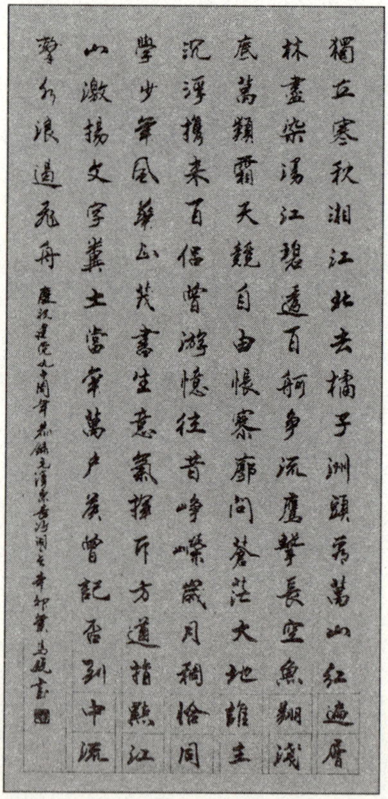

作者：马 锐

梦想……在路上……

孙维媛

我们和许多梦想
缠绵在一起
在路上，我们的梦想
就是载着这些梦想

在希望的路上
在路上
我们迎接清晨第一缕曙光
朝阳滋润了我们微笑的脸庞

在路上
我们送走傍晚不舍的夕阳
星光宁静了城市一天的奔忙

在路上
一样的行程一样的风景
我们穿梭在城市的大街小巷

在路上
把不一样的人们迎来送往
我们为他们在这座城市导航

在路上
不停歇地在路上我们深知
运送了多少乘客就装载过多少梦想

这些梦想
让每一次行车都变得意义非凡
这些梦想
也装点着我们的梦想

作者：马　锐

没有回报的"人生"

毛梦溪

没有大海的汪洋恣肆
你只是低调行事的溪流
恪尽职守
怨言皆无
在风雨难免的季节
在亦暖亦冷的世界
夜以继日
日以继夜
航行
你循规蹈矩的"人生"

没有人类的喜怒哀乐
你只是坚韧负重的老牛
你甚至没有自己的思想
你甚至没有张扬的个性
但你足够包容
足够坚定
足够有板有眼
血脉样航行
没有回报的"人生"

春花　等待　秋月老

冬雪　等待　春风笑
经历了四季变幻的清冷
亦或诗意
见证着抑或幸福抑或痛苦
抑或二者兼有的城市表情
实际实在，你比谁都冷暖自知
实干实心，你比谁都沉着冷静

不因世态炎凉而畏惧不前
不因盛世繁华而延时驻足
每一天都是旭日都是花蕾
每一天都是一个非凡的日子
你怀揣　一颗温暖至诚的红心
你怀揣　一份不倦迎送的责任
装载着奔赴的人们从容的走过
一个又一个深深思索的十字路口

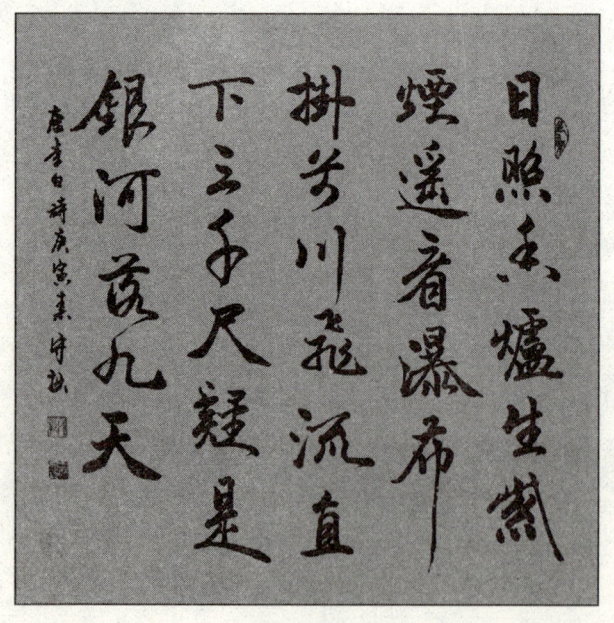

作者：王炳德

公共汽车

马俊华

公共汽车和车站前
等待着它的乘客像个怀旧的老照片
——却是城市生活里最真实的日常画面

像一双勤劳朴实的大脚
公共汽车和这个城市一起醒来
忙碌不停地行走，拥堵或通畅，拥挤或宽敞

像一个城市里的摆渡船
公共汽车载着童年的你，青年的你，中年的你……
穿行在这个越来越喧闹繁华的城市里

道路越来越新，越来越长
路修到哪里，公共汽车就跑到哪里
不拒绝任何一个普普通通的人

日子越来越紧张，越来越匆忙
生活到哪里公共汽车就送你到哪里
永远的公共汽车，永远的司机，永远的乘务员

你

孙　强

你，是流动的舞台
承载着拥挤的梦想
你，是朝阳的影子
开启每个清晨的想象
你在寒夜行侠
告慰孤独对聚首的渴望
我们是你看大的孩子
你记载我们一路的荣光

太久了，忽略了你从前的模样
也好久没有注视你深邃的目光
只记得，那一年
我的初恋，发丝长长
你的每样颠簸
都惹动我们婆娑的衣裳……

车水马龙的喧嚣中
你，最淳朴、最厚重的担当
携着褪去颜色的过往
流盼人们凝固的企望
驶向好远、好远的地方……

流　线

蒋　泥

你流线一样的姑娘
流线——咏 bus

快畅的流线
穿越密林
风雨打不弯
寒潮冰不住
天日晒不烂
这欢奔的女郎
——去往何方

我欲进驻女郎的心房
不再迷踪不再彷徨
购票一张
或者刷卡
也可以悄然归往
坐着躺着更多是站着
百年千年——千年百年

你姑娘一样的流线
流线——咏 bus

为人民服务的事业没有终点
——致李素丽及热线全体

刘珊宇

三十年前你走上小小的售票台
小小的舞台上你带着满满的爱
满满的车厢里你暖暖的声音在回响
暖暖的笑容就这样印在了每一个乘客的心上
一个美丽的姑娘有着更美丽的心灵
一个普通的乘务员有着不普通的坚持
一个平凡的岗位有着不平凡的故事
二十年前我们就记住了你的名字——李素丽
后来,你开启了公交热线工作
带着上百个和你一样美丽的姑娘
在新的领域里继续着你忠贞的事业
你们把北京的声音传到了祖国大地
热线里有北京人的热情
热线里有北京人的亲切
热线里有北京人的厚道
热线里有北京人的包容
你们的故事会继续
你们的热情会传承
你们的笑容会依旧
正如你所说:公交车有终点站
但为人民服务的事业永远没有终点

我爱这宽阔的停车场

马 欣

草坪上
飞舞着美丽的蝴蝶
仪器下
布满了明媚的阳光

充满勃勃生机的野草
赋予了生命的鲜活车辆
整洁宽阔的维修车间
看不到了昔日的茫茫苍凉

那些！开满着花朵的草坪
伫立着——别具一格的悠然雅亭
那些！现代化的维修仪器
表现出——公交职工思想的驰骋

在充满爱的天空下
笑声在车间里流淌
这是现代的维修工人
这是现代的维修车场

挤 车

张庆和

你挨着我
我傍着你
感觉到相互心跳
触摸着彼此气息
公交车上人和人
经常这么拥挤

不打听来自何方
不询问要去哪里
月亮挤瘦了又胖
太阳挤高了又低
挤走了汗水再挤风霜
春夏秋冬日复一日

就这样
粗俗被越挤越矮
文明在拥挤中站立
烦恼挤出了车外
陌生挤成了友谊
挤是咱上班族的必修课程
挤是咱老百姓才有的专利
拥挤中
人生也被挤得结结实实

一路平安

孙维媛

在你的心中
每一个螺栓旋紧的
是千万人的安全
(念你,我有万语千言)

在你的心中
每一次保养保全的
是千万家的幸福
(念你,我有万语千言)

在你的心中
每一次检修关系的
是千万人的生命
(念你,我有万语千言)

从上岗的第一天
你拿起了工具
就接过了一纸安全军令状
(念你,我有万语千言)

安全　绝无小事
哪怕只是一个小小螺栓

哪怕只是一次常规的保养
（念你，我有万语千言）

手中掌控着平安的船舵
肩头承担着生命的重量
心中牢记着安全的誓言
（念你，我有万语千言）

在岗位的每一天
一丝不苟　毫不懈怠
你就是一路平安的守护者
（念你，我有万语千言）

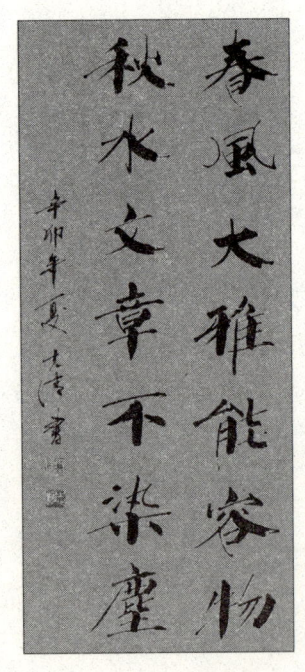

作者：陈志清

路　灯

晓　雪

路灯啊！我要写写你
你是前进的信号、安全的眼睛……
克服了障碍排除了险情
你的生命！微笑着放出光明

你的光明使公交车滚滚奔流
你的辉煌使公交车代代长青
多么好啊！路边的华灯
你喜悦的目光多么柔和、美丽
你满眼的春风多么自信、深情……

我仿佛听见你在说：
让所有的公交车——顺利前行
我仿佛听见你在唱：
让所有的司售人——平安出行

作者：余　宏

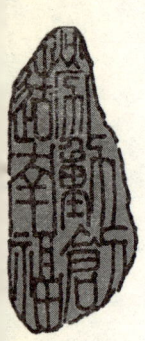

末班车回场

雷 霆

最后的乘客轻轻地下车
车子又轻轻地启动
在月光下
在星光下
在灯光下
好像在马路上滑行
繁忙的一天过去了
沉重的一天过去了
担满责任的一天过去了
天下最自在的人
我就是头一个了
车到场
人到家
最美的是甜甜的梦乡

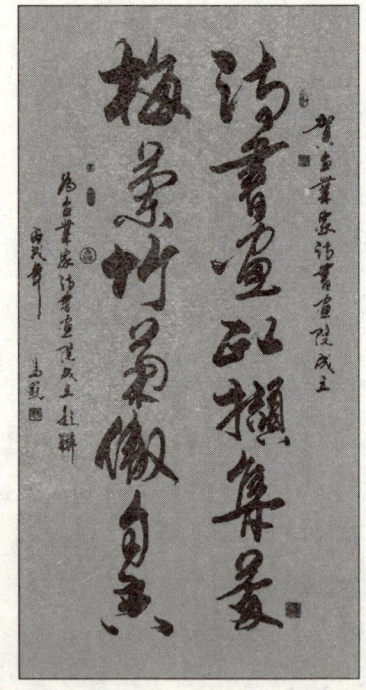

作者：马 锐

一个社会

雷 霆

只要你还转动着
你便会成为一个社会
一个人的社会
百个人的社会
或者更多人的社会
每辆公交车都是一个社会
这辆车也许是甜蜜蜜的社会
那辆车也许是乱糟糟的社会
记住,这是社会
现在你为他们服务
换个时间　换个地点
他们便为你效劳

作者:彭文凯

马路天使

莫文征

是你靠跋涉
把信心和质量
快捷与繁忙
在路网上
显示着坚韧和顽强

是你把生活的梦
编织得如此严密又狂放
是你把社区的色彩
梳理得如此通达而时尚

你是天使
你有非凡的翅膀
你是天使
你有神的意志和愿望
把人生的道路和定义
诠释得如此美好敞亮

作者：于　鹏

末班车行驶在除夕的钟声里

顾子欣

真的,旧历年才真像是过年
除夕的京城,烟花绽放,鞭炮如雷
街市缤纷,却又满目空旷
稀见人影,也无车辆,只有末班车
末班车行驶在除夕的钟声里

车厢里,也是空荡荡的
站牌下,也没等车的乘客
送走了一年拥挤、喧哗的日子
今夜,你独自与京城守岁
末班车行驶在除夕的钟声里

多少归客,多少张思乡的脸
他们现在哪里?在江南?在塞北?
都吃过团圆饭,正在看春晚吧?
是你把他们送上返乡之路
末班车行驶在除夕的钟声里

为母子团聚,为夫妻重逢
为年三十的火锅和饺子
为他人有一个圆月
你守着残缺,守着深夜的空旷

末班车行驶在除夕的钟声里

夜寒风起,电线轻轻颤栗
最后的乘客,一对年轻情侣
也下了车。保温杯里的茶也凉了
孩子在等你,老娘在等你
末班车行驶在除夕的钟声里

午夜钟响,又是一个新春
末班车带着钟声,带着忠诚
行驶在京城,行驶在最早的春光里……

作者:孟维惠

流动的风景　时代的先锋

桑恒昌

公共交通
是城市的动脉
以此作比北京公交
你，最最恰当

你宽广得像天安门广场
你亲切得如故乡的小巷

街道是一条条五线谱
——你就是流动的音符
谱写崭新的无尽乐章
——接送不同肤色的友人

你就是文明的窗口
展示整个民族的形象

怀抱热情你就是
运营保障的道道阳光
怀抱温馨你就是
爱岗敬业的缕缕月光

你是此岸也是彼岸

心灵就是两岸的蓝天

承载着！召唤和理想
承载着！活力和希望
运行在，运行在，运行在
伟大祖国的心脏

公共交通
是城市的动脉
以此作比北京公交
你，最最恰当

作者：季晓京

我和你有个约定

王升山

推开清晨的雾蔼
我欢快地走来
用我机体的轰鸣
唤醒城市的梦香

我总在你走来之前
等候在路的那边
用我们可能有过的约定
送你实现自己的理想

前方总有着期待
传送着瞧盼的眼神
我是心有灵犀
变自己为及时　又稳又快

我在城市的血脉中游走
像鱼儿一样欢快
我用迎来送往的责任
组成动力永不停歇

其实我也有烦恼
巨大的身躯总像疲惫的行者

胸膛里呼呼地喘着粗气
穿行在城市拥挤的道路上

送走一天的喧嚣
城市又归于平静
望着那最后回家的身影
我愿它带去我的祝福

作者：彭文凯

公交的辉煌

毛梦溪

同一个方向
也不知贯注过多少遍
再熟悉
也得重新仔细观望

同一个动作
也不知重复过多少遍
再机械
也不能丝毫消减技术含量

同一个站名
也不知报过多少遍
再清楚
也不敢含糊其辞懈怠半分

一年三百六十五天
一年三百六十五天重复
一年三百六十五天重复枯燥
一年三百六十五天重复枯燥简单

我们是简单的公交人
我们是丰满的公交神

我们在错综的车潮中
锁定既定的方向

我们是沉默的公交人
我们是阳光的公交神
我们在简单的重复中
超越无尽的枯燥与厌烦

我们是勤劳的公交人
我们是无怨的公交神
我们在极其平凡的岗位上
永远续写公交的辉煌

作者：彭文凯

每日追逐着歌一般的倩影

莫文征

在如梭的日子里
在如流的车潮中
我每日每时
感受着
你的跨时的勤奋和匆忙

新信息和智慧
运筹着如麻的
更强更高的速率
生产出
源源不断的关怀和爱意

给喧腾的扩展着的
如火如荼的工地
培育新的坚固和高度
运输着
强力的团结和干劲

这便是你
引得我
在那如网的道路上
用意志
追随你歌一般的倩影

都市之魂
——关于公交车的记忆

曾凡华

子夜,我在临街的楼宇里
听公交车悠然而来又悠然而去
总有一丝涩涩的感觉
如带雪的春雨潜入我的梦境
作为这个城市的魂
它将一段昏暗的命运
注册到夜行者的图囊里
听凭风去诠释去拆解另一类记忆

三十四年前那个隆冬的夜晚
破旧的公交车
将一个穿了臃肿棉军服的青年
带进这个城市的核心
就这样
他忐忑且卑微地沐着街树的影子
与某种严酷的氛围
融为一体

那一刻
公交车如同城市的魅影
覆盖着他的命运

如今　坐了奥迪的他
开始睥睨那段往事
甚至不屑于公交车的寒碜
偶尔还与之争道
对其侧目相视

只是在子夜梦回时分
才有一丝平民的意识
从他久违的观念里
幡然苏醒
于是　他恹恹地趴在公交车的咣当声里
做一次周公之思

而这时的公交车
在收容完街头的迟归者之后
已盛满圣洁的光
无论冰冷的路上有多少霜雪
总会辗出一道温暖的影子
使之与天空的蓝调相匹配
成为这个都市的魂

作者：刁立生

踏雪行

张世俊

初春瑞雪洒城郊
喜望凌花上公交
莫道霜寒侵入骨
只缘车内胜春潮
凭窗和悦语温暖
让座争先笑靥娇
翠幕银帘红标映
春风一路舞云桥

作者：屈　涛

公交车上的手语者

  360路公交汽车线路沿途有残疾人福利工厂。自二十世纪七十年代起，一代一代的司售人员刻苦学习手语，以便更好地为残疾人提供服务，这一"扶残助盲"活动一直延续到今天。360路车队也因此被评为"全国工人先锋号"和北京市模范集体。

程步涛

因为有人远离了语言
你们学会了手语
让心和心连在一起
让情与情融在一起

车厢一下子变得明亮
每一颗心都是太阳
用灵巧的手势传递关爱
用澄澈的眼瞳播撒情谊

一切都是这样自然
像微风
轻轻拍打云彩
像春雨
悄悄滋润柳枝
原本封闭的门扉

霍然敞开了
一个个坚强的生命
用和我们一样的笑容
给这个世界增添美丽

四十多年过去
手语是心灵的花朵
一年四季都在车厢里绽放
从西直门出发
过紫竹桥
过蓝靛厂
撒一路深情
收一路感激

作者：李建军

电车穿越历史的风景

顾子欣

101，102……124
一辆辆无轨电车身着蔚蓝色外衣
穿越历史的风景，穿越豪华之地
悬空的电线，如乐谱，如诗行
电杆滑动着，如飞扬的长辫
但你可记得你的童年
可记得第一辆铛铛车在古都撒下的铃声
布袍和瓜皮帽们曾是你的乘客
你缓缓穿过黑白胶卷中的年代
在新的岁月里，你华丽转身
优雅的造型，摩登的装束
驾驶座前，电子仪表在闪亮
你是绿色公交的一张名片
你行驶了一个世纪，你阅尽
京都烟云，却看不够这风景线
长安街、王府井啊，红楼
故宫角楼（角楼上的夕阳啊）
景山、北海（北海边的玉兰花啊）
你穿越历史的风景，你也是
风景，是流动着的风景
蓝天白云下
你显得格外美丽

城市绿色名片

——写给北京电车客运分公司

郭宗忠

每一天看到你
穿行在熙熙攘攘的道路上
像一部贯穿九十年的历史
写满了沧桑和回忆
写满了希望和豪情
一路前行,从皇城根到胡同
穿行在长安街
到郊野乡间
从你叮当做响的老式有轨电车
到无轨电车
到绿色环保低碳的新能源纯电动车
你一路走来
走成了城市的一张绿色名片

城市公交的绿色名片驶过来了
低能耗　零排放　无污染　无公害
人民的城市要干净的空气
要明净的蓝天
要百花开放的花园

城市的绿色名片驶过来了
"百问不倒"赵淑珍
"竹板功"任玉琢
"四有青年模范"王桂荣
"新时期的全国劳动模范"刘美莲
一代代公交人一路传统
承接着
文明、洁净、礼貌、和谐
继往开来着
一心为乘客服务最光荣的理念

城市公交的绿色名片驶过来了
"全国工人先锋线路"103车队
驶过来了
颗颗火种灿烂了星空
人文公交、科技公交、绿色公交
一个个先进集体
一个个光荣团队
亮丽着城市的每一个黎明

城市的绿色名片
又在晨光里出发
迎接着百姓翘首期盼的笑脸
以及对一个都市未来的向往

北京公交礼赞（组诗）

林 贵

春的长廊

城市因为你而拔节
你因为城市的拔节而生长
生活在你的方向盘里
旋成温暖的月亮太阳
你把公交车旋成长廊

你使欢愉更上一层楼
像一架架摄影机浏览风光
窗口是你闪亮的眸子
年年月月的注目礼祝人民幸福安康

你给北京带来彩霞
使晨曦飘落大街小巷
你给工厂农村带来生机
给北京的夜晚带来光芒
让一串串灯火享受吉祥

啊，你是春的摇篮
春运啊，永远是你的主张
每天都为祖国运送春天

忙得其所，血汗流淌心儿醉
累得其所，北京荣光你荣光

城市因为你而拔节
你因为城市的拔节而生长
生活掌握在方向盘里
旋出公交人的心花怒放
祖国的七彩春光……

钥匙扣

在你们的妙手里
319路站点制成了神奇——一个小小的钥匙扣
恰似爱的信物
在乘客中传递
传递春天
传递温暖
传递信息
以至成了人们袖珍的收藏品
携带的是公交人的足迹
——布满春的问候
润泽沃土的雨滴

西客站调度室的窗口

像一面镜子
贴在西客站
看得见南来北往的人群
以及家乡的父老乡亲
像候燕来了，走了
走了又来了

哪一时哪一刻都挂念在心

敞开的你不仅是为了通透空气
更弹跳着都市交通的神圣
每天都报告顺畅
顺畅流动的风景

因此，才有了春运，夜运，短运，长运
周身的血脉才舒展轻松
骨骼才健壮
精神才爽朗
月亮才由缺变圆
太阳才永放光明

诗人林贵到双层分公司与公交职工交流

为了这个普通的正常
——致公交专线公司全体职工

刘珊宇

开门、关门、再开门
一站站！始终同样
首班末班又首班
一天天！一如往常
这是你我——生活的片段
却是他们——永远的模样

门一关！国就是家

为了这个普通的正常
他们远离亲朋好友的身旁
无论是节日还是假日
日日守在场站才能将心安放
这是你我——生活的片段
却是他们——永远的模样

门一关！国就是家

为了这个普通的正常
他们疾走在风雨积雪的小巷
无论是凌晨的还是深夜的路灯

奔向车场确保头班车出港末班车收场
这是你我——生活的片段
却是他们——永远的模样

门一关！国就是家

为了这个普通的正常
他们将自己的生活完全遗忘
平凡的岁月岁月的平凡
有着多么不平凡的真情流淌
这是你我——生活的片段
却是他们——永远的模样

门一关！国就是家

为了这个普通的正常
他们包容他们沉默他们忍让
就是为了这个普通的正常
他们执著他们拼搏他们坚强
这是——你我早已习惯的正常
却是——他们日以继夜的繁忙

作者：纪　宁

这里有棵精神树
——写给客运四分公司

张庆和

根深深地
扎进"为人民服务"的土地

干挺拔地
耸入明净辽阔的天空

伸展的枝桠
条条是走向蓊郁的道路

每一片叶子
都怀着渴望实现的梦想

鲜艳的花朵
温馨地四处播撒芬芳

歌唱的鸟儿
频频地前来传递好音

面对矗立心中的高度
我执意地选择了仰视的姿态

这里鸣奏镰刀和斧头的交响
这里拥有智慧与汗水的收获

枝与枝！紧挽手臂
叶与叶！互相致意

——迎朝阳披晚霞
为成长沐浴星辉明月

——顶烈日抗冰雪
为大地及时送暖遮阴

——在风里在雨里
这里有赞美的歌声不断

——在春夏秋冬的每一天里
这里有丰硕的果实累累

绿的是！荡漾的青春
红的是！擎举的火炬

作者：刁立生

八方达，我的亲人……

马光复

遥远的秦始皇，手指向东西南北
车同轨　路绵延　通向四方……
历史的车轮滚动了几千年啊
四通八达才能有民富国强

天地空间有四面和八方
自古出行谁都想通畅
历史的长河呼啸着向前奔腾
人类文明就在这长河中成长……

古往今来　衣食住行
如同四个转动的车轮一样……
人人都期盼着自己是个飞毛腿
在大地上快速地奔跑飞翔

幻想要依靠文明和科技变成现实
城市公交就像是一轮火红的太阳
给百姓们送来了快捷方便和阳光
温暖和感动充满了每个人的心房……

这座城市的变革与发展日新月异
古老而又年轻的都市屹立在东方

与我们休戚与共的北京城啊
我们祖国东方巨龙的心脏

无数条血管延伸向肢体的四方
循环往复，输送着信息与营养……
这是一条美丽而又惊险的风景线啊
条条动脉都充盈着鲜活生命的光芒

八方达，二百余条脉动的运营线路
遍布在京城的东西南北　四面八方
数万人的职工队伍　上上下下
像一座钢铁长城像一条绿色长江……

长城上的每一块砖　长江里的每一滴水
都经过了千锤百炼　子弹上膛……
打赢了举世瞩目的奥运这一场硬仗
受到了全国全世界的赞扬

荣誉中充满着令人想像不到的艰苦
几百里漫漫长路在车轮下延长……
劳累、孤独、水冷、饭凉、紧张
亲人的日夜担心、儿女的无休念想……

一整天的奔波，披着星星到达了终点站
一包方便面，两根黄瓜，夜餐伴着星光
住宿简陋，睡床无梦，凌晨四点又起床
五点发车返城，不管刮风下雨天热和天凉……

擦一把汗水，整一整工装
伸一伸懒腰，挺一挺胸膛
刹那间喊一声："困难见鬼去吧！"

挂挡加油继续高歌奔前方

创建文明，司乘团结，斗志昂扬
学雷锋做奉献，好事一桩桩
服务周到，拾金不昧归还现款几十万
微笑待客，问寒问暖个个都是热心肠

车上尊老又爱幼，见到病残就帮忙
受点委屈没关系，乘客高兴我舒畅
北京周边村村通，条条公交通八方
表扬信件千千万，感谢锦旗挂满墙

八方达，达八方，四通八达凯歌唱
大熔炉里炼真金，员工人人心向党
芝麻开花节节高，企业发展人成长
八方达人怀壮志，一年更比一年强

在一个红日东升彩霞满天的早晨
八方达迎来一位颤巍巍的老大娘
住在远郊区的她送来一封感谢信
热泪盈眶用信里写的话语表衷肠：

"八方达客运公司的亲人们啊
是你们让我八十岁才实现了梦想——
第一次破天荒进了北京城
第一次看见了天安门广场……"

"一路上我简直就是一位贵宾
嘘寒问暖百般照顾为我把歌唱
怕我累着，怕我晕车
让我喝了一碗碗绿豆汤"

"感谢两个字在这里已经不够分量了
八十岁的我要把八十个感谢送给你们
希望你们像我们村子旁的高高的山梁
永远肩扛起我们广大百姓心中的期望……"

老人说出了全体首都人民想要说的话
这是一张巨大而无形的金灿灿的奖状
光荣的八方达的全体"八方达人"啊
会把人民的嘱托永远牢牢地刻在心上

作者：陈 晨

从田埂上走来的农民工大军
——赠与八方达

陈松叶

大红门六合庄
地名儿透着泥土香
八方达通八方
车名儿听着心舒畅

绿色车身满城郊
像春风吹拂春水荡漾
9字头　8字头车号
有阳刚之气又很吉祥

大红门应聘又奔培训中心金盏乡
培训如同军训一律迷彩新装
他们从大山里走来从田埂上走来
汇入"农民工"大军浩浩荡荡

"没有借口，绝对服从"标语看似无情
温情却像农民眷恋土地　苍鹰留连山岗
"训练一次，激活一生"口号并非夸张
实在得像农民躬耕农亩　庄户养殖种桑

过去是靠天吃饭，年年岁岁在麦田守望

现在是凭本领上岗,激情满怀眺望前方
从前是坑头灶边,早早晚晚在自家打转
如今是大公交一员,畅行无阻乘客至上

运萝卜白菜的个体户成了公交的"舒马赫"
"金嗓子"唱京剧,车厢成了剧院的包厢
家有重症患儿,拾到十万元急切寻找失主
路遇急救病人,他们就是999,救死扶伤

绿车身,蓝衣装,八方达威震八方
农民工,唱主角,堪称企业的脊梁
哪一个企业有如此气魄,视上万名农民工
情同手足,患难与共,有福同享,有难同当

东行渴饮大运河水
西行饥食山果在斋堂
喇叭沟往北是草原
大兴向南是燕赵之壤

车轮滚滚,线路织成一张大网
五环六环不算远,跑的就是村村庄庄
笑语声声,欢声鸣奏一曲交响
起早贪黑不言累,奔的就是地久天长

八方达267条线路,8亿人次的客运总量
问,哪个城市哪个国家有如此气象
大路朝天,条条大路通向天安门广场
长城在上,八方达人争的就是祖国的荣光

从雷锋示范站台到温馨港湾
——快速公交 3 号线掠影

陈满平

从安定门出发——
从雷锋示范站起航
快速公交像一支利箭
挟雷挟电驶向前方

车厢是乘客共同的家园
公交车行驶在平坦路上
雷锋精神伴我们前行
敬老扶幼礼貌让座一路春光

日新月异的城市在伸延
人民公交就是她伸出的臂膀
为城市输送客流
你是文明城市的一扇窗

看！车辆驶入"温馨港湾"
整洁明亮的站台笑语飞扬
年轻的小伙像一缕春风
公交姑娘像小花灿烂开放

雨天，这里有布伞相借

冬天，这里有棉垫把寒气隔挡
夏天，这里有饮水为你解渴
病时，这里有暖手伸出送药相帮

有时也会遇到"特殊"的乘客
冷语相对，也有一副火热的心肠
化解了寒冰赢得了尊重和理解
心更近了，车厢又是灿烂的阳光

快速公交像卫星环绕着京城
更有高科技为它保驾护航
闪烁的电子自动控制系统
使条条通途更加舒适通畅

有人夸你是移动的家园
化一道移动风景添首都万千气象
从雷锋示范站台到温馨港湾
一路情深播撒文明把北京精神传四方

北京的城市生活已经进入快车道
人们啊，正在为未来经营奔忙
快些　再快些吧　为了迎接美好的明天
我们呼唤着让快速载上理想飞翔

作者：季晓京

我家楼下的快速公交

大 卫

它是我等待的一部分
有时候它也是等待本身
和那些慢车比
它是另一阵风
有雨的日子
它向城市中心快速滑去
仿佛一枚硕大的雨滴

我家楼下的快速公交
在午夜来临时
是很快的
轮子发出马的叫声
长长的道路
仿佛长长的缰绳

我家楼下的快速公交
有时会把月光披在身上
它在城市与郊区之间跑动
当它跑得太快时
它用一颗螺丝钉
把自己比喻

长安街上的 1 路公交车

李木马

把"1"字铺展在长安街上
就看见你的奔跑
延伸开来，辉煌起来
在岁月中孕育出耐人寻味的内容

半个多世纪
车轮飞转，喇叭声声
人流如潮，大路如虹
奔跑在长安街上的 1 路公交车
成为时代前进的
一个符号，一种象征
"首都""祖国""前进""自豪"
通过这些拥有体温的词语
典藏北京的变化与美景
记录时代前行的历程

是的，满载着公民的公交车
在一条最著名的街道上前进
与心爱的祖国一道前进
朝晖夕阳，万千图景
都被车窗的拷贝珍藏心中

是的，看见这些的

还有苍穹之上璀璨的群星
发展,变化
砥砺,提升
一个车队,一条线路
总是与中国前进的脚步同行

记不清几代1路人
栉风沐雨,挽手并肩,脚步匆匆
这个光荣的集体
记不清有多少老将新兵
记不清更新了多少种车型
1路车,还是奔跑在首都的长安街上
1路公交人的心啊
还是与祖国的脉搏一起跳动

多少个晨昏
西边送走晚霞美
东边迎来旭日升
多少个寒暑啊
——每一片雪花
——每一滴春雨
——每一缕熏风

多少次出乘
——每一个劳动者的剪影
——每一声亲人般的问候
——每一朵花蕊般的笑容
每一个日历牌上都记录着
车厢里永远的温馨与友情
每个车厢都洋溢着温情
每个站点都集结着感动

我看到意见簿上写着
"几十年间，一家三代人
第一次来到首都
都要乘1路车到王府井
到天安门广场赏美景……"
"温暖的车厢是一个流动的驿站
更像一个融洽的大家庭
这里几乎汇集了所有的方言
所有的肤色
还有你们、我们、他们
黑色的、黄色的、蓝色的眼睛

你的车窗像一排并列的镜头
记录时代发展的美景
不仅是街道两侧的建筑
不仅是鲜艳起来的人流
不仅是霓虹灿烂，车水马龙
更多的内容是
写在旅客脸上的喜悦与自豪
更多的是与一个国家和民族有关的
前进的含义与内容
你们用车辙在描绘花瓣
汇入神州绚丽的万紫千红

今天早晨，我又踏上1路车
百看不厌，一站一景
经过天安门广场时
透过明净的车窗
看见天空湛蓝，鸽哨悠扬
看见信念的火苗在天空飞舞
迎风招展，火红火红

北京长安街一道风景
——赠给大 1 路公交战线真英雄

柯 梦

灿烂的朝霞升起在金色北京
英雄的大 1 路在长安街上乘风前行
这是一道靓丽的风景
又像一道美丽的彩虹
这里有一支伟大的团队
还有一颗颗闪烁的明星
这里有全国工人先锋号
还有青年线路倡文明
这里有巾帼文明岗
还有全国建设系统行业新标兵
英雄的集体靠的是党的领导
同时还靠集体中的每一名
这里有模范驾驶员共产党员马庆双
说起他来那可是三天三夜也说不清

他爱岗敬业几十载
行程 90 万公里安全意识不放松
热爱人民热爱党
时刻把群众生命安全放在心中
思想过硬技术更过硬
安全行驶还要节能

都说共产党员是面旗啊
马庆双各个方面都是标兵
不要说驾驶员都是男子汉
这里有常洪霞是个女兵
年轻轻就是高级驾驶员
市里技术练兵她是前几名
小女子巾帼不把须眉让
开起车来又快又稳还很冷静
女驾驶员真有大心胸
她把温总理来邀请
请总理公交车上来做客
那是咱首都公交人的荣幸
她一心一意为乘客
牢记为人民服务最光荣

这里还有微笑服务小赵影
市里的劳模数她最年轻
她常说平凡的工作不平庸
长安街上的乘务员代表着北京
像这样的同志在这里还有很多名
好苗子要靠传帮带啊
这里还有过硬的管理层
他们深知肩上责任大啊
长安街在全国也是第一名
这里是党中央的所在地
也可以说与世界都相通
长安街上无小事
大家都把责任放心中
北京精神永不忘啊
爱国、创新、厚德、包容
这些不但要记住还要践行

每天他们都在做好事
车厢内外都是活雷锋
正因为有了这样的集体
才有这样的好兵
大1路在长安街上一路通
为了公交事业大发展！重任肩上放啊
成绩总往脑后扔
每个人都在为人民立新功

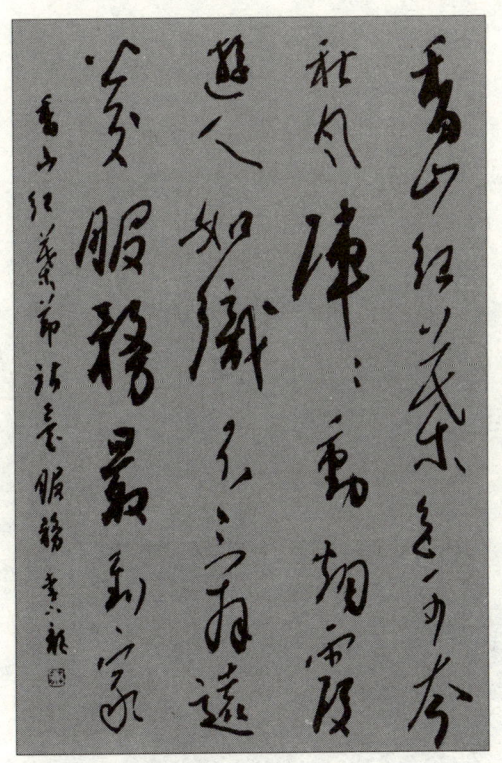

作者：李小龙

荣誉的光芒

——公交集团第二客运分公司 39 路，
党支书吕东霞一行领导班子，
带领员工精心打造着全国工人先锋号线路。

王 健

让我们用诗句点燃你心中
伟大的人民伟大的党
让我们用歌声唱响你心中
九天的灿烂金凤凰

如果我是一缕清风
我一定在湛蓝的天空
抒写你的——大名

如果我是一朵小花
我将代表世间的万物
传播你的——芳香

如果我是一颗雨滴
我将毅然地无端融进
你气势的汹涌——奔腾

如果我是一片春天
我会用万丈的激情

诗人王健与第二客运分公司领导交换意见

装点你的——四季

然而我更愿与你一道
为首都北京的艳丽美好
精心地打造美丽的风貌

我更愿意与你披星戴月
走进四季的酷暑严寒
迎接未来的雨雨风风

我愿39路全国的
'工人先锋号线路'形象
永远伫立在京城百姓的心上

让我们与平凡的公交人
一起用智慧和辛勤
刻画出首都精神文明的烙印

让生命闪亮让生命辉煌
殊荣永远
让祖国的大地让雄伟的河山
屹立永恒

双层的爱

莫 非

我们的公共汽车是双层的
我们的爱四季都是厚厚的

下面一层是乘客是朋友
上面一层是朋友是乘客

上面可以看见一路春光
下面能够感受一路温暖
我们送大家平平安安上班
大家送我们高高兴兴回家

拥挤颠簸的时候
老弱病残孕有个座位

需要帮助的时候
我们有热情更有办法

这里是北京的三环路
乘客和我们围绕在一起

这里的特8是一个流动的居所
出出进进我们都是一家人

我们的公共汽车是双层的
我们的爱四季都是厚厚的

诗人莫非与双层分公司工会主席关秀来、特 8 车队党支书史雨兰交谈

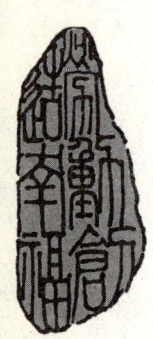

驿动的家

——写在 2012 年 3 月 14 日早 8 点 40 分至 9 点
南坞至百万庄 114 路电车上

郭宗忠

从 2009 年 7 月 13 日
我与 114 路电车结了缘
每天从南坞坐上始发车
一路是东冉村、四季青桥东
车道沟桥西、北洼路
紫竹院南门
首体南路、四道口东
然后到达我要下车的百万庄

每天,看到熟悉的 114 路
两根平行的电线
像母亲一双温暖的大手
牵着调皮的孩子在都市漫步
我在路上也找到了家
下雨,刮风,酷暑
下雪,寒冬
以及走路倦累了
114 电车来了
车 门 打 开
天蓝色工作服的天使们
一脸洋溢着青春的微笑

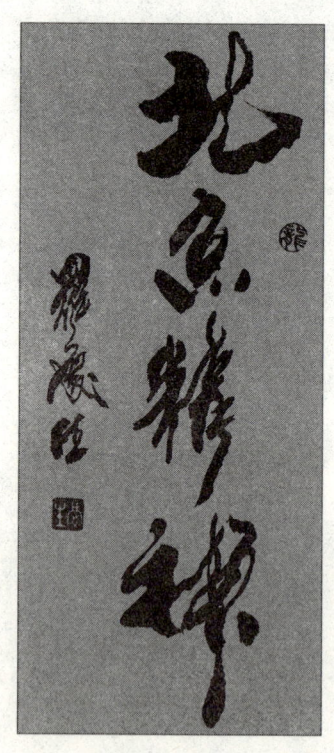

作者:罗庆生

缓缓地停在站台线前
站起来
热心搀扶蹒蹒跚跚的老人
老人安稳地坐在了座位上
车才小心翼翼起步
和蔼地欢迎乘客的话语和眼神
让人感到那是亲人
为我们打开大门的样子

干净清新的车厢
明净照人的窗玻璃
一路是西四环路
北面望见了颐和园的佛香阁
以及玉泉山的塔尖
西边葱茏如黛的西山
沿途长河的流水和画船
欣赏着紫竹院的四季色彩
车公庄路上的梧桐
三里河路旁的国槐
钓鱼台金秋银杏树的斑斓

我上车每次坐在
车厢右手的第三个座位上
取出书慢慢打开昨天的折页
二十分钟
边看风景边读书
边感受一路轻盈的车行
电车永远沿着自己的轨迹
无轨电车交错的电线
也成为了都市的一道风景
在电线的约束下

更见出车行的自如
安静！安静
车厢内没有发动机的轰鸣
以及停车时抖动心肺的震颤

我从南坞车站上车
开始写这首诗
现在，车马上要从首体南路
拐到车公庄路上
我平稳地写下一个个字
一行行诗
在这个处处温暖的流动的家里
我写不尽倾泻而来的赞美
此刻，车到了四道口东
我必须站起身
让一位刚上车的老人坐下
这个温暖的流动的家里
再重要的诗歌
也比不上自觉做一个文明的乘客

作者：习立声

你们和太阳同行
——写给 300 路车队

刘丙钧

你们　和太阳同行
不，你们比太阳起得更早
你们比太阳归去更迟
太阳的路，在天空
你们的轨道，在三环路上

你们　和太阳一样
每天，每天
在自己的路上环行
不，你们比太阳更忙
雨天或者雪天
太阳可以歇一歇啦
在浓浓的云层背后
而你们却要付出加倍的辛劳

你们　和太阳一样
把温暖送给每一个相遇的行人
不，冬天的太阳
不足以为人化去寒冷
而你们在车厢里
却四季如一，播撒温暖

在每一个乘客的身上、心中

你们　和太阳一样，
每天，每天
在自己的轨道上环行
不，你们心中
比太阳更多一份公交人的感情

诗人刘丙钧采访全国劳动模范刘俊华

保修安全是幸福的源泉
——给保修分公司七厂

黄殿琴

你们矗立在保修生产的一线
——沉默了一辈子
一句话：安全保修是幸福的源泉
你们是问修、强检、跟踪三检制的健儿
——坚守了一辈子
一辈子：精检细修是多姿的奉献

你们是早出晚归的公交"车大夫"
咸苦的汗水流成春夏秋冬的坚硬脊骨
在黎明的最深处——记忆永远不会生锈
在月光的最深处——青春永远不会枯朽
曾经新兵时，是技术领着你走，那是蹒跚学步
如今老兵了，就要你领着技术走，那是创新攀附

你们是可爱可敬的公交"保修人"
炙热的真诚熬成酷暑严寒的毕生倾尽
你们像对待自己的孩子一样对待每一辆客车
哪怕是一个小小的螺丝都是你们的累累硕果
新兵变成了老兵！额上的风雨早已装订成册
古老变成了现代！脚下的泥泞铺满光阴之色

每一天,带着黎明的希望穿越东南西北
每一天,带着月光的祝福飞跃风霜雪雨
新北京!在你们的心里:保修安全是一线
新征程!在乘客的心里:运营安全是一线
以心为锁——就锁住了一生的旺盛的生命
以爱为锁——幸福就是隧道的深邃的峡岭

高效率,高标准,就是这样的一线:立业之本
高质量,高形象,就是这样的一线:做人之魂
每一天!以一种古老的美德深深爱着你们的岗位
每一天!以一种幸福的拥有默默恋着你们的职业
我的亲人们啊!我要以阳光的姿势仰望你们的风碑
我的亲人们啊!我要用豪迈的呼唤唱响你们的岁月

诗人黄殿琴(右一)等与保修职工

送你一路平安
——敬献电车分公司 103 路车队

关登瀛

我在路上
你在窗前
你等待的人呀
就在我的身边
车里欢声笑语
车外阳光灿烂
我开的公交车呀
是温馨的家园
情相牵　爱无限
给你一个微笑
送你一路平安

我在路上
你在楼前
你等待的人呀
就在我的身边
我风雨兼程
我的车轮飞转
你等待的人呀
带上满车祝愿
情相牵　爱无限

给你一个微笑
送你一路平安

我在路上
快乐无边
穿过街市
穿过车流
清晨迎来朝霞
夜晚星光灿烂
道不尽的情啊
送不尽的眷恋
情相牵，爱无限
给你一个微笑
送你一路平安

向公交车上的司乘人员致敬

江 枫

敬礼啊,公交车上的兄弟姐妹们

每当我踏上无论什么样的公交车
都不能不对你们由衷,肃然起敬
全都是彻底奉献有实无名的公仆
全都在切切实实为人民勤劳服务

如今售票员少了当然司机不能少
无论严冬酷暑黎明即起按时报到
城乡之间、街道与街道
立刻便连接起出工、上班人群的输送线

深夜下班还有夜班深夜接着干
把晚归的夜行人送到家门边
权力,不可谓不大,尤其是司机
让你往左谁能往右,让你往右去

谁能往左,但是,他们知道两侧
有步行人,左了右了都会闯大祸
总是老老实实,沿着线路走正道
没一个为了自己方便开车弯弯绕

千万双眼睛不曾见过司机收红包
或是安排个把自己人上车去查票
既没有司机开着公交大车娶老婆
也没见售票员用车送儿女上学校

年轻时不惜力，从不偷奸耍滑头
该退休了也不把着方向盘不撒手
要他公布自家财产，他毫不犹豫
没有一分赃款要藏到外国银行去

当我踏上了无论什么样的公交车
有时候难免会，睁大眼睛做美梦
全中国各级岗位名誉公仆
倘若全都像你们，中华民族就有福了

公交车上的兄弟姐妹们啊，敬礼

咏103路无轨车

顾子欣

日行两万里,载客四万人
每天里,多少聚散匆匆
行驶在京城通衢,你如飘扬的旗帜
你如传递的火种

你的车队休息室挂满了奖旗
那是荣誉,也是茹苦含辛
其实,何必要豪言壮语?
诚实的劳动只为一个承诺
让每个乘客有份好心情

所以,你开文明车、礼仪车
做到骂不还口,打不还手
你努力多学知识多认路
你是乘客问不倒的活地图
你用双语报站,当老外
下车时,你对他说 Bye–bye

见老太太上车,一手一棵白菜
一手一捆葱,你就搀她一把
见外埠的,背着包,慌里慌张
你就主动问一声"您去哪?"

见孕妇踏上车阶，你就赶紧找座位
让母子俩快坐下……

人在途中，难免有几分焦急
更何况路常堵塞，天多雾霾
乘客出气，你就是出气筒
你忍耐着，你微笑着
宽容与厚德，不正是北京精神？

你也有烦恼，有发愁的心事
清早出车前，谁伺候婆婆？
谁送孩子去上学？
谁关心你的恋爱？
但当你跨进车厢你只向人展示你最温柔的一面

你也有众多的粉丝，
在京城、在全国。
说起你，说起103路便想起多少平凡而动人的故事
当先进难，而更难的是
数十年当标兵，半世纪如一日

如飘扬的旗帜，如传递的火种
103路行驶在京城的路上
点燃自己，照亮他人
103路把乘客送到每一站
以其温馨，以其爱，以其不灭的理想……

　　103路无轨电车，1957年建队，是全国公交的旗帜和榜样，并于1995年被评为全国先进基层党支部。

美好的心灵出风景
——致全国工人先锋号线路360路（慢）车组

张庆和

360路是一条线
就这么被织梭牵引着
织呀，织呀
织成锦
包装文明
织成网
打捞和谐

360路一束弦
就这么被日月弹拨着
弹呀，弹呀
弹成一支优美的歌
唱给路边的小树
唱给沿途的花朵

360路的一片心
就这么被岁月收藏着
风霜雨雪中
温暖着香山脚下的残缺
给盲人心里送去光明
把快乐斟满肢残者的心窝

360 的这条路
就这么被辛劳折叠着
披星戴月
叠出一份厚厚的爱
铺满大地
叠出一腔浓浓的情
滋润干涸

360 路这扇窗
就这么向世人敞开着
时时刻刻
那里有蜜蜂的歌声
那里有舞蹈的彩蝶
笑意荡漾春波

就这样的
一条线
一扇窗
一片心
一路歌
亮丽成都市的一道风景
被 春 天 传 说

作者：金利芳

京通这条路
——致以周淑静为代表的专线公司八队全体

刘珊宇

京通路，十三公里
请不要说它
不长，不长
——因为
每一米的道路上
都是八队人的心血
在流淌，流淌

北京啊！亲爱的首都，我的故乡
我一直会沿着大地的声音奔向前方

清晨到夜晚
九十部车来来往往
他们无暇休息，忙忙碌碌
承载着数十万人的生活
做您出行的保障

北京啊！亲爱的首都，我的故乡
我一直会沿着大地的声音奔向前方

上班和下班，随心所往
数百次发车川流不息

他们费心安排,调度区间
应对着每天高峰的繁忙
为了您能准时到岗

北京啊!亲爱的首都,我的故乡
我一直会沿着大地的声音奔向前方

春夏又秋冬
多少次的雨雪风霜
他们雪天清扫,雨天疏堵
对抗着恶劣天气的阻挡
保证行驶的顺畅

北京啊!亲爱的首都,我的故乡
我一直会沿着大地的声音奔向前方

京通路,十三公里
请不要说它
不长,不长
——因为
这里的故事
是很长,很长

北京啊!亲爱的首都,我的故乡
我一直会沿着大地的声音奔向前方

京通这条不变的路
是八队人每天的战场
京通这条阳光的路
是八队人永远的光芒
以雄魂的躯体时刻默立在身旁

石榴花与香椿树

陈满平

不嫌绿地的狭小
顽强地在那儿生根
车队的兄弟姐妹
过的是培土浇灌的生活

在这寸土寸金的地方
用一抹新绿迎接春天的来临
香椿树为车队撑起绿伞
石榴花为员工献上一生火红

没有人去乱摘一片香叶
无言的行动映出美妙的心灵
石榴树从开花　结籽到成熟
累累硕果见证车队人的文明

这里的人们——爱队如家
这里的人们——爱车如命
不让车身外残留一丝尘埃
不让发动机落下一点灰痕

爱花爱车爱车队
这就是我眼中的公交人

爱岗敬业爱乘客
内心常驻"服务最光荣"

我把车场比做——军港
车来车去穿梭——航行
早上出发牵着千道霞光
晚上归来喜听万家鼾声

只因为，车场夜色很宁静
只因为，花树懂得爱花人
只因为，公交人心中像大海
航行千里路啊！祖国有叮咛

作者：杨建立

在特9路上

莫 非

车窗擦得干干净净
车座擦得干干净净
心也一样干干净净

车厢里拥挤的时候
售票员给你的是宽心
司机师傅给你的是平稳

四环路一站一站
上来的客人也许下班
下来的客人也许上班

从黄土岗的花园出发
一站是你
一站是我

从黎明的大雪中出发
这双层的客车
有着双层的温暖

从子夜的细雨中归来
这空荡荡的车厢

有着疲惫和劳顿

多么平凡的世界
每天每天
目睹世界的平凡

奇迹就在这平凡里啊
早出晚归
为的是你不早不晚

在特9路的车上
最特别的是一颗金子般的心
越擦越亮越亮越真

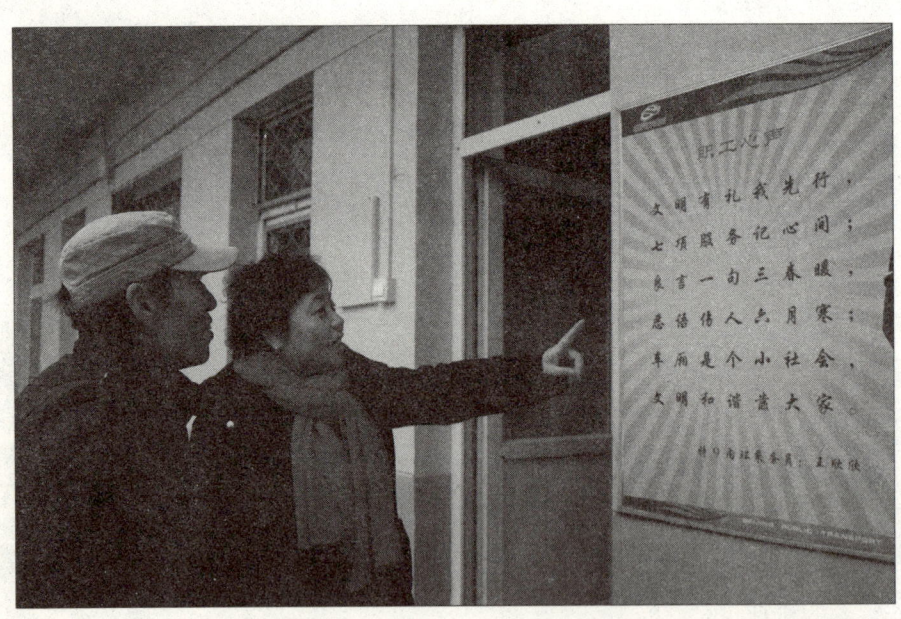

诗人莫非与双层12队党支书史雨兰交谈

流动的城市风景（组诗）
——给客一分公司

耿国彪

特3路公共汽车

安定门　一个古老北京的标识
停泊着特3路公共汽车
一辆辆移动的彩色钢铁
延伸进这座城市的神经末梢
进站、出站、上车、下车
流动的血液一次次分开聚合
梦的清香和现实的撞击
欢笑与悲伤沿着四分之一的北京流淌

那些害羞的发动机
呼吸急促，以旋转的节奏
将一段爱情定格在玻璃窗前
那些爱漂亮的车身涂上标语和广告的口红
迎接着清晨第一声脚步

由安定门到温都水城
不算远也不算近的距离
每天我通过特3路公交膜拜北京
这根城市手掌中的指骨
让我看到钢铁的合鸣与城市的抖动
一个老人的落寞与孤单
一棵树木的喧嚣与繁茂

都是车窗的过客
而我三十年的人生和早晨的宁静
以及家和固定的线路
都在初春阳光的照射下
不断翻新

公交老好人朱永利
由站台到站台
由现实的家到心中的家
朱永利用三十七年的时光点亮了梦的灯盏
一件干干净净的工作服
两面鲜艳的小红旗
带着他一步一步向理想靠近
朱永利爱笑
他的笑是兄弟和儿女的笑
以最亲的姿态面对每一个人
车来了　走了
人来了　走了
朱永利的微笑和红旗永远都在
如同冬日的一抹阳光
温暖着三尺站台和进进出出的脚步

老好人朱永利
只是早来一会儿　晚走一会儿
只是把素不相识的乘客当成了亲人
在他的旗语下
安定门的春天被拉长
车辆和乘客的时间被缩短
朱永利告诉我
我不是先进
我得过白血病
我的身上流着很多人的血

（包括一些公交乘客）
是他们救活了我
我只是感恩
所以我看站台上每一个人都特别亲
不用夸我
我只是感恩
感恩

由西客站出发

走出西客站的广场，我就看见你们了
远远的，如同一群整齐的士兵站在那里
迎接着每一个来来往往的人
21路　65路　387路　你们张开温暖的怀抱
把四面八方的口音和异乡的孤单　前途的彳亍合为一处
运送到北京灿烂的阳光中

由西客站出发
踏出北京的第一个足迹
隔着车窗，我听到了你们的呼吸
像鼓动白银淬火的风箱，一阵紧似一阵
二环路的拥堵，西直门的伟岸，以及远处的高楼
和更远处的目的地
被你们呼进又吐出
而那阳光合成的梦想在转动的车轮中一米一米延长

车在行进，北京在行进
车窗的放大镜中，北京的面容渐渐清晰
托举着家和美好生活的图景也渐渐清晰
我知道高楼大厦不是你们的风景
在北京，西客站连接的家是你们唯一的仰望

电车上的乘务员

周启垠

方寸世界　拥挤与喧哗
咣当咣当的岁月
在她站立或者短暂的小坐中　流走
从这一地到另一地
城市流动的风景
是她生活的全部
服务乘客的主旋律
是她一生的全部
她每天在流动中穿梭
像一只银铃般的陀螺
绕着公交的事业旋转
早晨醒来　沐着晨光向始发站走去
夜晚回家　披着路灯踩响疲惫的脚步
累啊　不是有点儿累
这一天的行程　从起点到终点
来去又来回
呵　她的身影　有些儿飘　有些儿空灵
更有些儿让我此时的心情
顿生崇敬　在电车车厢的方寸世界里
她背一个棕色或黑色的皮包
轻声地喊着　提醒着
恪守着岗位的使命
那声音绵长又悠远
进入城市生活　进入大街小巷
长长地奔波的　跳跃的心灵

雪夜,他走在山路上

　　一个大雪纷飞的夜晚,一个早班车司机为了按时出车,用了三个小时,走了二十多里山路,赶到了车场。　　——题记

刘丙钧

好大好大的一场雪
飘飘洒洒,飘飘洒洒
在夜幕中
在密云的山里
镀白了山路
镀白了山路旁
那一排排的树

一个普普通通的早班车司机
一个平平凡凡的公交人
就这样,推开房门
把柔柔的灯光关在身后
并把家人的关切藏在心里
他急急地走着
步子很大很结实
二十里的——夜路
二十里的——山路
二十里的——雪路
他就这样一步步走着
雪在他的脚下吱吱作响
像一首歌

二十里的路
他一步步走着
雪　在他脚下吱吱作歌
路　不知道他在想什么
树　也不会问他在想什么
其实，他想的很简单
其实，他想的很朴实
他要按时赶到车场
按时开动他的早班车

他知道
有很多人
要乘坐他的早班车
去出行　去工作
按时开动他的早班车
是他的工作
是他的职责
工作很普通
职责很神圣

他深深地懂得
公交，是城市的血脉
而他和他的早班车
就是这血脉中的
一条细小的血管

掸掉身上的落雪
走向高高的驾驶台
他的早班车准时启动
在飘飘洒洒的飞雪中
他开始了又一天的行程

昂起尊严的头

马光复

我是一个普通的农民,
我是一个普通的女人,
我像一只躲藏在草丛中的懦弱兔子……
在这个家里,我的头顶上总是乌云。

没有地位和尊严,
没有快乐和惦记,
我像是一头围着石磨不停转着的驴……
在这个家里,连丈夫也把我瞧不起。

我没有更多的文化,
有的只是一点点力气,
太阳出太阳落我一天就是一个哑巴……
这样的日子到哪一天是个头儿?

自从有一天我变成了农民工,
走进了八方达的培训中心,
换上了崭新的迷彩军服开始了军训……
我的脸上就有了开心的笑容。

我成了一名技术过硬的司机,
是公交战线的一名光荣新兵,

我珍惜这手中的来之不易的方向盘……
下定决心要当一个活雷锋。

一种觉悟在我的心中觉醒,
一种责任在我的心中确定:
对来往乘客永远是爱护和笑脸相迎……
乘客和公交车的安全就是我的生命。

全家人都说我变了,确实变了,
我也说全家他们也变了,没错。
睡梦中我呼唤着"我爱我的新生活"……
是新时代给我心头洒下了甘霖。

无论是坐在驾驶室的座位上,
还是走在我家村子的小路上,
我都会很自然地昂起自信和尊严的头……
想:把握好方向盘,沿着阳光大道走八方……

作者:彭文凯

黑夜中的一束亮光
——送给公交战线的保修工人

马　欣

黑暗中有一束亮光！在闪烁
寒意中有一丝春风！在飘动

月亮还在树梢上悬挂
人们还没离开梦的家
师傅们却已习惯的上路
撞开一束旭日里的浪花

黑暗中有一束亮光！在闪烁
寒意中有一丝春风！在飘动

任凭凛冽的风霜呼啸着飞滑
任凭无情的雨雪肆虐着吹打
那粗糙灵巧的手　维修着每一辆车
那装着责任的心　充满着春秋冬夏

工作着的——师傅们啊
永远装着一份对百姓的牵挂

听着叶子后的蝉鸣
却想到行驶路上的刹那

想着昨日梦的纠结
就像孩子刚走路般惊讶

工作着的——师傅们啊
永远装着一份对百姓的牵挂

心所不及！不及挥舞着褐色的手帕
手所不及！不及辛勤汗滴随风挥洒
诗所不及！不及那身油亮亮的工衣
梦所不及！不及脸上笑意春光典雅

作者：张 鸣

公交战线的后勤兵

赵李红

公交战线的——后勤兵
你们是！无名英雄
你们是！乘客的守护神
你们是！汽车安全的保证

公交战线的——后勤兵
你们是！神奇医生
因为有着坚定的信念
使行驶的汽车总是年轻

公交战线的——后勤兵
你们有！纯洁的心灵
哪怕天气变幻莫测
奔驰的电车还是那么干净

公交战线的——后勤兵
你们有！翅膀的透明
纵使车上没有一名乘客
你们也能感到无上光荣

做最好的自己
——给技术保障阵地的公交保修工

老 健

撕下的　日历　变为了　阅历
积攒的　阅历　变为了　荣誉
——劳动伟大！都在讴歌我们是时代的先锋
——劳模光荣！都在赞美我们是耀眼的明星
——劳动模范！我们在证明我们要做最好的自己

有它　心是烈火　无我　情是灰烬
从根到梢　从里到外　溶进我们的灵魂

我们　选择了　保修　选择了　生产
自制的　靶环　把自己　射穿　射远
昨天的周勇——依然是技术改造的痴心人
今天的宋启林——当然是劳动奖章的当家人
明天的顾澜——还会是班组建设的领头人

有它　心是烈火　无我　情是灰烬
从根到梢　从里到外　溶进我们的灵魂

钟表　一下一下　敲打着　心壁
生活　一直一直　在改变　做成最好的自己
——劳动伟大！从流动的血脉到八百灵窍　把汗当泪流

——劳模光荣！从敏感的肌肤到所有穴位　把泪当血洒
——劳动模范！多么的甜蜜　从一条条神经到一声声呼吸

有它　心是烈火　无我　情是灰烬
从根到梢　从里到外　溶进我们的灵魂

把工具箱打开　就打开了　我们的幸福生活
把它给我　把幸福给我　摸摸眼窝　暖暖的是春的生活
昨天的宋丽君——依然是维修队伍的好巾帼
今天的董怀茂——当然是运营一线的好大夫
明天的张志华——还会是技改创新的好参谋

技能比赛现场——发动机检测

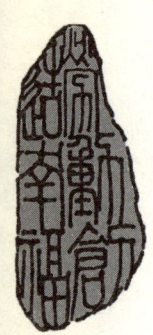

一个人的路走成了幸福
——记电车客运分公司 104 路（快）驾驶员 全国劳动模范刘美莲

郭宗忠

全国劳动模范刘美莲

内蒙古草原上鸟语花香
点点蒙古包炊烟袅袅
能歌善舞的小美莲啊
在黄河岸边割草播种
飞起的镰刀收割麦子

勤劳的身影摇动着花草
人生插上了翅膀飞到了向往的首都
宽阔的大马路上奔驰的公交车
是否是你在广阔的草原上骑着的高头大马

理想多远路就有多远
从第一天进入公交行业
劳动的光荣催开了幸福的笑脸
人人都在寻找什么是最好的职业
你说做好了本职就是最好
无论家住在多远
你都坚持早来一点儿
上班心情快乐一点儿
开阔的胸襟才有草原的辽阔
从17年前登上老式的车辆
冬天冰冷的座位你为乘客着想
下班后赶制了一个个爱心坐垫
"温暖"一个词长出了
乘客心里最高贵的奖赏
一个快乐的精灵把车厢当成了一片草原
驾驶台前丛丛绿草朵朵花香
车内用心布置着家的温馨
每一幅画面的小小宣传栏
"红绿灯专栏"
"如何防范非典"
"怎样应对突发灾难"
"奥运每天英语对话"
"公交出行　低碳生活"……
关注贴近了百姓和社会的热点焦点

你用微笑和行动传播美的风尚

车辆到站,你站起身
一个微笑　一个欢迎的手势
一声大娘大爷您好
把每一个乘客当成了亲人
他们才在风里雨里等很久也要等你
那个行动不便的老人啊
你赶紧跑下车,把她扶上车找到座位
一车厢的掌声响起
爱和关心别人传递着无声的美德
每一个靠椅上
是提醒也拉近了心与心的距离:
"帮助他人快乐自己"
"抱小孩的乘客真不容易"
"我们都有老的一天"
这条老人多医院多学校多的线路
主动让座成为了自然
你说,其实文明就是
起来与坐下之间的路程如此简单
你笑一笑,即使乘客遇到怎样的矛盾
也瞬间一笑释然

一条17年不变的道路
流动着一种不变的精神
从快乐到快乐,不断汇成大海一样的爱
这小小的世界和窗口
你一路撒播着阳光明媚的花朵
你一路播种下和煦的春风
你一个人的路
快乐地走进了百姓的心中
走成了百姓心里的幸福

一棵感恩的树

> 刘俊华,一个下岗职工再就业来到公交集团。
> 从一个普通职工成长为全国劳动模范、三八红旗手,党的"十七大"代表。
> 无论是作为一个普通乘务员,还是成为劳模走上管理岗位,她一直怀着一颗感恩的心,全身心地投入工作。
>
> ——题记

刘丙钧

你是一粒种子
被生活播撒在
公交的这片土壤里
(你说
你感激国家的再就业政策
感激企业给了你这份工作
新的生活从这一天开始
你的人生掀开了新的一页)

怀着一颗感恩的心
你破土而出
迎风而长
长成一棵大树

（十三个寒暑春秋
你把十米车厢
当作舞台
演出着公交人的精彩）

和太阳做伴
与月亮交谈
岁岁月月
把根扎得更深
日日夜夜
让枝叶去亲近蓝天
作为一棵树
你追求挺拔
渴望伟岸
（从成为公交人的
那一刻开始
你把工作当作使命
你把乘客视为亲人
兢兢业业　认认真真
投入你全部的身心）

品读每一道年轮
每一道年轮里
都刻写着你的骄傲
（从优秀司售人员
到经济创新标兵
从全国劳动模范
到党的十七大代表
不必一一列举你的荣耀

火炬手：刘俊华

荣耀背后是你的成绩和辛劳)

询问每一片树叶
每一片树叶里
蕴藏的故事
都那样感人
(至今
你依然感受到那枚鹅卵石的温润
那是一个有着自闭症的孩子
送给你的礼物
那是他向你敞开的一颗纯真的心
那一小袋鹅卵石
是他的伙伴
视若生命
连父母都不能动一动碰一碰
他每天和母亲坐你的车
你的关心
你的真诚
像阳光照进他的心灵
当他把鹅卵石递给你的时候
连他的母亲都感到吃惊
还有那大年初一
在寒冷中等待着你的车
等待给你拜年的母女
那小女孩送你的千纸鹤
凝着多重的感情)

作为一棵树
你感恩土地

感恩春天
感恩太阳的温暖
和风雨的磨练
于是
你努力生长
让躯干挺拔
让枝叶繁茂
(作为一个公交人
你感恩时代
感恩企业
感恩领导的信任
和乘客的称赞
于是
你加倍的工作
用诚心去服务
用真情去沟通
用微笑迎接每个新的一天)

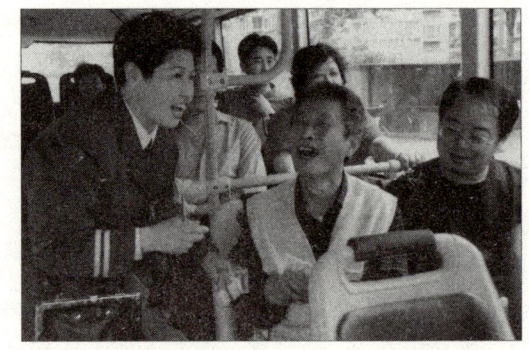

全国劳模刘俊华(左1)为乘客服务

成为一棵树
你依然是一粒种子
在土地上生长
装点春天
(走上领导岗位
你依然是公交人中普通一员

把真诚和热情
传递给同事
把理解和奉献
种在他们的心田)
公交人

就是这样一棵棵的树
生长在北京的路上
光荣着首都的容颜

鹊鸣之歌

——献给北京市劳动模范、全国公交系统先进个人
第一客运分公司 387 路乘务员张鹊鸣

陈满平

有一种美丽叫风景
有一种喜悦叫鹊鸣
有一条线路叫 387
有一轮暖阳伴着春风行

熙熙攘攘的首都北京
公交线路是她的钢铁神经
387！这头连着人潮如织的西客站
那头连着光影绮丽的亚运村

北往的，肩披，塞北霜尘
南来的，头顶，椰岛雨风
走进茫茫人海！走进偌大北京
路人啊！多么需要一盏指路灯

面对声声焦急的询问
车厢里有你回应的笑容
"同志　您请先坐下　莫着急　歇歇汗
我告诉您一条又快又好的捷径"
"这位孕妇同志有人给您让座

那位老人您请扶好坐稳"
公交车　车车在安全的穿行
穿行在你的句句温馨与一路的照应

无数的表扬信飞向车队
赞扬你是首都公交车上的雷锋
人们夸你是北京"公交活地图"
声声赞语都是乘客的真情

你把车厢当家
接待来自四面八方的客人
你的心里装着万千街巷
你的脑海联通着万条胡同

你用脚步丈量着飞速发展的北京
哪里有新路修成　哪里有楼盘开通
500多条线路3000多个站点
密如珠网　灿若繁星　一一心知肚明

一部20万字《鹊鸣公交速查辞典》
浸透你的心血　彰显你的责任
一名普通乘务员有如此大的胸怀
有什么　风浪险阻　不能包容

奥运比赛场馆　在你身边矗立
公交奥运专线　伴你穿梭前进
新地铁线路连接　条条城市动脉
雄浑的交响诗天天在为生活喝彩

敬礼！向为我们带来感动的鹊鸣车厢
向与时代同行的年轻的公交劳模

敬礼！我以一个市民的名义
向你们敬礼！光荣的北京公交人

有一种美丽叫风景
有一种喜悦叫鹊鸣
有一条线路叫387
有一轮暖阳伴着春风行

——赠知识，同学习，共作公交 指路明星（右一为张鹊鸣）

劳模的手
——写给刘丽荔

柯 梦

那一天我拉住了一双手
粗糙　坚硬　让人吃惊
然而面前站着的是个女人
朴实的脸上沐浴着春风
她是一名公交乘务员
所跑的路线是120
每天都是提前来到车厢
忙碌着把车厢打扫得干干净净
精神抖擞整装待发
为的是把亲人来迎送
每一位乘客都是她的家人
她把温暖送到每一位乘客心中
整个车厢就是一个大家庭
20年每天如一日啊不管酷暑严冬
为了服务到位她苦练本领业务精益求精
报站坚持用双语
沿途景点风情介绍得清
外宾和外地乘客齐声称颂
车厢内外的乘客她会一一照应
给老幼病残孕找位子一会就有11名
不要以为她是幸运儿

其实她生活的一点也不轻松
下岗的事情她赶上过
心灵的创伤把她伤的不轻
幸运的是党的阳光温暖着她
车队领导更是把她放在心中
朴实的她没有被击垮
知恩图报就是她的心灵
想知道啥叫全心全意为人民服务
这里有最好的注解和说明
奥运会大显身手　现在又把北京精神践行
她时刻不忘爱国·创新·包容·厚德
雷锋是她心中一颗最明亮的星
她就是北京市劳动模范
刘丽荔就是她的芳名
因为她出色的服务和朴素的言行
乘客也真心把她惦念
这一切形成很好的和谐之风
乘务员的工作永无止境
标准要再高　还要勇攀高峰
当然这一切会激励她永远前行
回眸！再看这双手
怎么看都觉得如此不普通
这是一双劳动的手
饱含着她的全部言行

刘丽荔工作照

永不消失的笑容
——写给103路电车"王桂荣号"车组原售票员王桂荣

马 克

每每乘上这辆电车
仿佛总能看到你的身影
开朗的笑声
热情的笑容
让每个乘客如沐春风

电车售票员
多么普通的工作啊
给上年纪的大爷大妈找个座位
给外地进京的乘客指点迷津
让哭闹的孩子找到快乐
用你的爱心
温暖车上残疾人的心灵
每天像家一样呵护着车厢
把车窗座椅擦拭的干干净净
门楣上是"乘客之家"
你常把车厢装扮得充满温情

北海岸边春风中摇曳的垂柳
记住了你的笑容

每当电车从这里走过
你热情的解说词
吸引了多少乘车人的目光
多少人为此迷恋上
103路电车沿线这一处处风景
北京站，白塔寺
动物园，王府井……
每一站下车的乘客
总是回望着电车对你充满了感动

热闹的王府井记得你
人多拥挤
你总怕伤着了哪位乘客
你耐心地疏导上车下车
多少人记住了你沙哑的喉咙

沙滩车站记住了你
你是那么热爱这个职业
从医院复查病情回家的路上
望着熟悉的车站站牌
对工作岗位无限的眷恋
在你内心深处涌动
于是　你再一次上车拿起票板
车厢里依旧是乘客熟悉的声音
依旧是乘客熟悉的笑容

我常常反思
什么是干一行爱一行
什么是"对待同志要像春天般的温暖
对待工作要有火一般的热情"
我看见在学雷锋这支长长的队伍里

走着你年轻的身影
参加工作短暂的三年啊

为搞好服务
你遍访市级先进车组
你跑遍了103路电车沿线的景点
你用热情与汗水
让首都公交人骄傲
——拥有一个多么了不起的员工
穿行在首都大街上的103路电车"王桂荣号"啊
让我们永远记住了一个年轻的姑娘
一个普通的电车售票员：王桂荣

如今
走在春天的王府井大街上
在嘈杂的人流中
仿佛又看见她那永不消失的笑容
一根根岁月的羽毛落下来
王桂荣她还在吗？还在
她永远生长在人们的心中

王桂荣车组命名塑像奠基仪式

放飞春天的人
——记第二客运分公司 39 路 24330 车组乘务员宫美贤

王　健

做件好事
对于你我他
抚慰一下心情
容易
但是几十年如一日
实属太难
除非你怀揣信念
有一个善良大爱的心

这车里的小空间
也是一个大世界
是生活的重要舞台
正是他们勤劳的早起晚归
才使宽容厚德的大名
在北京冉冉的升起
抛洒出漫天明媚的霞光

这来来往往
上上下下的面孔
这一直吵杂的
四面八方的声音
指挥若定

作者：刘月华

运筹帷幄
看来不够

你必须要有耐性有毅力
仿佛春风化雨
你必须要总捧起忠贞
弥漫着彼此的心灵
你必须搭建彩虹的桥梁
相融着潺潺的流淌
你必须像栀子花那样花满枝头
叫互不相识的人理解握手

或许她做到了
我刚刚熟悉的一个
普通的乘务员
一声"您好"
一声"欢迎乘坐"
便轻松地拉近了
你我看不见的距离

一把搀扶
一次点播
暖到了乘客的心里
需要吗需要帮忙吗
胜似亲人般的问候
一个讯问后
写在纸条上的答案
乘客前方的路途
便柳岸花明了

这座椅上的棉垫

躯赶着寒冬的冰冷
这小扇子凉垫
消除了酷暑的燥热
这方便袋、地图、列车时刻表
送去了温情与微笑
公交是永远青春的美女
公交是不离不弃的情侣

一年了，又一年来
我感动于她的平凡
她的质朴她的伟岸
几十年的不懈坚守奉献
孕育了萌生了
多少刚毅的忠诚的
伟大而神往的身影

正是她和千千万万个公交人
用敬业的无私行动
编织着首都的北京精神
抒写着一道道美好的风景
才使得这扇
大都市的窗口靓丽光荣
流动了每日一新的春风

公交是永不褪色的国画
我愿这一个个质朴的浪花
愉快地奔腾在欢扬的
和谐的爱国的城市故乡
我愿公交的真诚与善良
流过每一条大道和小巷
汇成东方真善美的海洋

全国交通系统劳动模范　宫美贤

劳模之歌(二首)

林 贵

劳模吴江

市级劳模
硬汉子吴江
就是一条江
做上游堪称榜样
浪花哟,恰似火焰在流淌

难忘告别特1路的日子
硬汉子泪水湿了眼眶
告别,却没有告别诗画
又铺出了319路的历史辉煌

分公司的领导也掉了热泪
职工恋恋不舍陪在身旁
谢客的情景在银屏上闪现
诗情画意绽放芬芳

2006年的12月至翌年元月初
新长征的旗帜飘飞路上
吴江带队熟悉新的线路站牌

用辛勤的脚步将大爱丈量

吴江啊,你是硬汉子
也是一条奔腾的江
送人间的润泽
给乘客以安详
你捧出了胸中的朵朵浪花
将生活浇灌得百花齐放
劳模的称号仿佛那激昂的劳动号子
在新世纪的广场神采飞扬

巾帼标兵—王延红

是仙女下凡么
比仙女还手巧
是一颗红心的凝聚
比春花还娇好

串起来
把心中的大爱串起来
319路车号牌镶嵌在车头
串起来
把骄人的岁月串起来
唯有你,才编织得如此美妙

那是一辆闪光的双层客运车模型
记录着公交人的风风雨雨
一颗颗闪亮的珠子一颗颗心
捧出了公交人的骄傲与自豪

我仿佛看到了司机驾驶的专注

仿佛听到了你响亮的站名报告
面对这精彩的编织我思绪万千
这灿烂的世界是劳动创造
难道老年退休的我只能写几首小诗
何时再编出我春的枝条

是仙女下凡么
比仙女还手巧
一颗红心温暖着亿万颗心
有了你，江山怎能不如此多娇

北京市劳动模范吴江

全国五一巾帼标兵、首都劳动奖章获得者——王延红

公交劳模速写(组诗)

李木马

乘务员赵影
赵影的笑容是一朵花
开得那么自然、亲切
如邻家妹子
几位老大妈都喜欢坐她的车
几天不见这个喜兴闺女
心里像缺了点什么

不仅是微笑的问候
不仅是贴心的服务
还有英语的景观介绍
还有手语如花
旅客难题的化解
赵影的笑容之花
芬芳清雅宽阔无边
像春天的旷野

从微笑到问候的语气
搀扶的手感
人人都细微可察
透过这笑容的窗口
闭上眼想一想
都能看见身心里的真善美

中门上车，前后门下车
刷卡时好听的一声"嘀"
车厢里的欢声笑语
——人流之花，生活之花
每天，她都要在公交车上
把这朵笑容之花献给无数人

在首都公交，乘务员赵影姑娘
只是一个象征
沿着无数条线路
一簇一簇的文明之花
在一站接一站的藤蔓上开放

公交老司机马庆双
长安街上的1路公交车
真像一个流动的摄影棚
几十年啦
时代的变化，首都的变化
都看在眼里，记在心中

过去车少、路况差得不行
车厢里拥挤，老马（那时是小马）
每天下班都在车厢里拾到不少扣子
放在便民袋中等主人认领
而现在，乘车宽松惬意
大玻璃窗专门方便瞧街景

老马明年就要退休了
他舍不得他的车
老马说开车有三种境界
"开始是车开人

后来是人开车
再后来是人车合一……"
说到这里老马露出两排白牙
露出自豪和羞赧的神情

让坐车的人浑身舒服
心里知道,不必说清
一切的一切
都浓缩成熟悉会心的微笑
安全驾驶九十万公里
老马可真行
这个开车经过长安街无数次的人
每个站牌都在风中为他感动

但他每次把车开上长安街
都会有情不自禁的激动
既然是1路车司机
走长安街的1路车
就要把车开到最好的水平
让每位旅客都记住1路车
——记住北京城

老马的妻子也是公交乘务员
但很少与他同来同去,并肩而行
为了休班时轮番照顾一家老小
他们俩故意错开班次上工
很多时候
一个人下晚班的时候
另一个人已经进入梦境
一个人醒来的时候
另一个人早已离开家中

北京市劳动模范——马庆双

长安街上
无数次错车时的相互一笑啊
蕴涵了多少苦辣酸甜的内容
老马说开了一辈子车
奖章得了一大堆
就是觉得对不起媳妇
但估计退下来以后
还得继续带徒弟、编教材、做报告
老马觉得浑身有使不完的劲儿
他不想离开他的车
他要老骥伏枥永当先锋

巾帼司机常洪霞
细看,常洪霞很美
但又美的与众不同
她和别的女孩不一样
厚道和朴实令人敬重
那年五四青年节
她还走进中南海
和总理散步与对话
欢笑,感动,如沐春风

小姑娘开大公交
成为长安街上一道风景
车长18米,转弯掉头不好掌控
驾驭这个大家伙
必须十八般武艺样样精
必须做到"路堵心不堵"
——天天好心情,时时有热情

自小喜欢汽车的小常

对岗位倾注全身心的爱情
和老师傅请教，和同事切磋
忘记了天空中的太阳和星星
慢慢地，小常开车的技术出了名
去年，全北京的司机大比武
进入前10名的只有她一位女性
"并不是我本事大
全仗着大家的帮助起了作用
还有我的车特好使，特有功……"

我叫她现代版的花木兰、穆桂英
巾帼不让须眉
真得有两把刷子才行
常洪霞身材窈窕，小巧玲珑
但她的身心中
含铁，含钢
温和中蕴涵坚韧与坚硬

她的眼睛湖水般澄净
有一种朝气、善意、宽容
问她何时最惬意、最轻松
"在长安街上开公交车
确实挺自豪的，美得哼……
遇到堵车或拐弯
只要自己伸手示意
司机们都特给面儿，让我先行……"

说到这儿
常洪霞的脸庞上
飞上两朵绯红

记 835 路司机韩扬

陈松叶

从天桥下来的人皆不是神仙
都是凡人，平凡得刷卡坐公交车

到韩村河也不全是走亲访友
韩村河很阔，人说富在深山有远亲

人们还说人一阔脸就变
还好，坐 835 路车的人们贵贱不怨

因为有你韩扬师傅开车，乘客们
都笑神仙和阔人们不解人间的甘甜

你开着绿色的车，凝视红绿灯斑马线
你一脚踩下去，岁月从冬天到了春天

窗外的风景太熟悉，你的车穿针引线
把城市的记忆，乡村的旧事织成锦缎

日复一日呵，年复一年，祈愿
上班高高兴兴，回家平平安安

五谷杂粮没吃够，人有病，天知否

偏偏在你的车上，有乘客心脏病突发

车上没有急救药，只有与病魔抢时间
众乘客皆支持，把客车尽快驶往医院

你车上救病人，车下救落水孩童
韩扬师傅，可曾想过冒着多大的风险

社会有病，谁来救治？835路车启示
河上架桥，真善美可从此岸抵达彼岸

注：835路的起点站和终点站为天桥和韩村河

作者：张 鸣

好婆婆

雷 霆

多年的媳妇熬成婆
只要是乘务员
便很快就能成为一个好婆婆
一车的人
都需要顺利
都需要观照
这婆婆就得当
也许你的小家非常安谧
可你是乘务员
也许这就是你的福分

作者：吕介芝

熟悉的陌生人

雷 霆

人有远亲
人有近邻
而我是她们熟悉的陌生人
她们也是我熟悉的陌生人
一年又一年
一月又一月
一天又一天
见面，我就放心了
不见面，我会为她们担心
有一段时间没见
我想，她们该退休了
后悔没问是哪个厂的
没问过她们的姓名
也许命中注定
该有这么多熟悉的陌生人

作者：张 鸣

公交的"车医生"

老 健

有这样一些医生
——身上没有白大褂
——手中没有手术刀
他们每天需要面对的碰撞的
不是病人
而是一辆辆穿行在
城市中的奔跑的公交车辆
为了这样一份普通的职业
他们准备了辉煌灿烂的一生

真的,没有他们
行驶在路上穿梭的公交车
便没有了奔跑的力量
没有他们,真的
坐在平稳车上的乘客
便没有了怒放生命的保障
真的,没有他们
本已不堪重负的城市交通
便会更加的——无序和紧张

公交车辆保修的师傅啊
每天面对冷冰冰的庞然大物

永远没有怨言
——为它们一遍遍诊断
——为它们一次次疗伤
他们就是公交车的保护神
他们就是老百姓的太阳神
这是一群多么值得歌颂的人
这是一群多么值得铭记的人

责任与坚守是多么富有魅力
　　奉献与创新是多么富有活力
就是这样平凡但不平常的岗位
　　承载着生长的不衰的无限希望
在绽放青春的北京公交舞台上
　　盛开着生命的生长的无上荣光
就是这样淳朴而又睿智的人们
　　默默地肩负着无怨无悔的力量
我们都是北京精神的践行者燃烧着心房

作者：李新政

0.1 永远大于零
——保修分公司先进党支部优秀党员

黄殿琴

你说：在车身面前！我是何等的年轻啊
比年轻更年轻的是我一腔赤热的血
你说：每天进步一点点！这是必然不是偶然
0.1 永远大于零！这是结果不是如果
你问我是谁吗？我会骄傲的说：我是公交的长子啊
你问我有什么心愿吗？我还会不假思索地说：做它的儿子

这才是 真正 的 父子之情
它 一直 在 我 奔赴的路上 等我

我说：你把自己的情怀给了一个不会说话的人
我说：你们是保修前沿阵地上最可爱可亲的人
每天进步一点点！0.1 永远大于零！这无声的情怀
仿佛已经习惯的沉默！藏在心底是那么的深沉
问我是谁吗？如果需要就让我说：我的工服从未脱过
问我的心愿吗？仅仅为了这份坚守！再作一世的保修

这才是 真正 的 父子之情
它 一直 在 我 奔赴的路上 等我

让运营一线的满意是挂在你心中的红旗

荣誉的象征！你和每个零件相依相守就像生命和躯体
电车上的两行旗杆永远是你高举的胳膊
承载的目标！它的每一次安全滑行都是你生命的承诺
每一个部位　每一个环节　何处都是你当当作响的骨骼
敲一敲周身你的胸膛都已被肋骨后面的拳头攥烂了魂魄

这才是 真正 的 父子之情
它 一直 在 我 奔赴的路上 等我

作者：张世海

指路人

高若虹

无路的地方可以走出一条路来
但城市如蜘蛛网的路
反而无路

在一双眼、一双脚、两只鞋
寻寻觅觅找不到路的时候
一位公交车司机
一位将城市的路刻在心上的人
把一条条清晰的路
指给年轻的脚、年老的鞋、背蛇皮袋的腿

或许他经过无路可走的茫然无助
才把路让他的鞋、他的脚　记住
再顺着手指指出来　嘴吐出来
吐出一条街巷　指亮一个门牌
让路背着你　走向一盏灯　一间温暖

他也许没有过多地想得到什么
只为了给一缕春风指一条变绿的路
给一滴雨水指一径滋润小草的路
给一只说方言的小鸟指一条归巢的路
那路是爱是善是平坦是亮堂

在祖国的大地上
每一个村落每一个城市
血脉都应该是畅通无阻的
都应该有一盏温暖的灯
用自己的光为每一双脚删去阴影

指路人和路贴的最近
为了每条路不在眼前迷失
为了每双脚都有条路大踏步的走

作者：李新政

忍

高若虹

她的黑发里忍着线路的银丝
她的眼睛里忍着困盹的星星
她的双唇忍着对甜梦中幼女的亲吻
她的心忍着对爱人小鹿样的跳动
她的骨骼里忍着划亮天空的闪电
她的血液里忍着灼热的火焰

她忍着忍着
用28颗牙齿死死咬住
咬住一朵女性的花母爱的花不让绽开

乘客里　她忍着车辙似的委屈
运行中　她忍着内急的雷霆
如果出汗　她会在汗水里忍住盐
如果在沉睡　她会在睡眠中忍住想父母的梦
伸出温暖的手掌时她忍住累
绽开甜美的笑容时她忍住腰椎和关节的疼

她会在和爱人的通话中忍住苦涩
她会在出车时忍住中年人应有的慢
她会在搀扶老人时忍住想依靠的软
我相信　即使她饮泣　也要背过身子

眼忍住泪　泪忍住水　水忍住声

她总是忍住忍住
唯独忍不住的是给每位乘客
售一张开往春天的票
让他们手握阳光与春天同行

当她经过我们身旁时
我们应该驻足
最好忍不住面带笑容
忍不住心生尊敬
忍不住说声谢谢并深深鞠躬

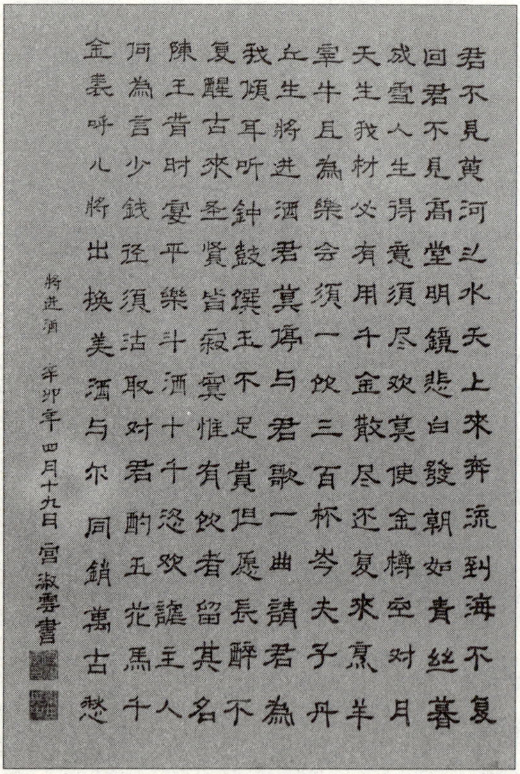

作者：宫淑云

公交天使赞

张 虎

　　在北京一万六千八百多平方公里的土地上，每天有上千条公交路线、三万多辆公交车往返在市内、郊区、主要街道、单位、村镇和旅游景点。十一万多名职工为你的生活、工作、出行带来方便。他们像天使，从晨星还没有落去，到夜深人静车稀，陪伴你走过每一天。

行驶条条路线，时时刻刻年年。
披星戴月出归，川流不息往返。
载着车车乘客，责任重如泰山。
星罗棋布街市，山村长城平原。
车少绝不抢行，拥堵顺势不乱。
站台多少眼睛，焦急等待期盼。
旅游探亲访友，办事上班下班。
院校机关企业，商场饭店医院。
各个不同岗位，输送有近有远。
车车不同人群，到达不同地点。
酷热为你送爽，严寒为你送暖。
节假亲友聚会，喜庆推杯换盏。
你却在驾驶室，紧握着方向盘。
千条公交路线，万辆车厢家园。
它像一条项链，连接亿万情感。
坚持携老扶幼，照料孕幼病残。

一声"同志"问候,和谐涌上心间。
外地人觉亲切,老乘客喜又见。
人的血脉流通,身体才能康健。
京华千万公交,才有生机无限。
一时故障抛锚,引来无数抱怨。
耐心解释疏导,调度维修解难。
假如停驶一条,陷入怎样瘫痪?!
你是公交天使,你是首都容颜。
平凡中之伟大,默默中之模范。
红绿灯可见证,公路接触体验。
大都市大动脉,为公为民奉献。
践行北京精神,迎接每个明天!

诗情满公交

温总理走到公交来

第四客运分公司　李小龙

春气盈寰宇，
牡丹正花开。
敬爱的温总理，慰问公交来。
场站谁持练舞？
更有车声阵阵，
云中乐徘徊。
激动人心泪，
流落几回回。

倡服务，
争一流，
颂英才。
实现总理期望，美酒尽余杯。
践行北京精神，
展我公交风彩，
豪迈震春雷。
健儿众十万，
长木倚云栽。

总理与公交

八方达公司　张黎明

五一鲜花璀璨，都市繁喧井然；
公交喜迎盛事，总理来到身边。
老人矍铄慈善，送来祝福温暖；
寄语国家厚望，关怀叮嘱称赞。
日理万机帷幄，不忘兑现诺言；
手与职工相敬，心与百姓相连。
我为首都添彩，你为窗口增艳；
公交网络辉映，运营重托我担。

五月的记忆

第四客运分公司　张克乾

今天
是五月的第一个日子
和往常一样
春风吹遍了大街小巷
轻轻拍打着
每一片树叶
和着一阵鸟鸣
今天
温总理将来到我们身边
和我们一起
度过劳动者自己的节日
代表党和国家
看望北京公交职工
喜讯传来
我们几个夜晚不能入眠
该向总理汇报些什么
说北京公交是首都的动脉
每天运送着.
千百万上班下班的市民
再说我们的工作条件
有了很大的改善
我们的生活

过得一天比一天舒心
当然
还想说说公交优先
说说老百姓关心的事儿
人在等待
心在等待
像花蕾等待绽放
等待着那个神圣时刻的降临
看啊
总理乘坐的中巴开过来了
他第一个走出车门
笑容是那样谦和
问候是那样真诚
握手
握手
一一握手
首长对人民的关怀
通过手与手传递
人民与首长的亲近
通过手与手表明
他走上公交车
拍拍座椅摸摸车窗
询问我们夏天可热冬天可冷
他走进调度室
端详着视频上的站点
了解行驶中的路况车情
总理问我们的工作
问我们的生活
然后
和我们坐在一起
聆听我们的心声和建议

他叮嘱我们
不仅要为北京市民服务
还要为全国
为世界各国来的客人服务
总理郑重地说
公交是服务于大家的
因此
应该得到全社会的尊重
这一刻
就在这一刻
我们倏然感到了责任的重大
和使命的神圣
我们想到了海
想到了容纳百川的大海
我们想到了山
想到了壁立千仞的高山
想到了我们的国家
我们的民族
几千年艰苦跋涉
几千年风雨兼程
今天
所有的辛苦都酿成了甜蜜
所有的泪水都化作了甘霖
阳光灿烂
江河澄澈
国家是为我们挡风遮雨的大树
我们是建设祖国的主人
车队离开了
没有离开的
是总理的笑貌音容
人流散开了

永不散去的
是我们心中的记忆
从此
这一天将生长在我们的记忆里
年年开花
年年结果
从此
这一天就是我们永远的光荣
作为财富
留给历史
留给一代又一代公交人

献给劳动者的歌

集团公司宣传部　刘静

当我崇敬的，崇敬的
回溯着人类历史的长河
当我轻轻的，轻轻的
披阅着远古文明的画卷
是谁的足迹　烙印着人类进化的步履
是谁的双臂　开创出五色斑斓的世界

啊——
是劳动者让长城、金字塔、希腊的神庙
成为古代文明的标志
是劳动者使电灯、蒸汽机、航海的巨轮
驶进了工业革命的征程
互联网的出现，拉近了五大洲的距离
航天飞船的诞生，把人类引向了更加神奇的太空

今天啊，依然是伟大的劳动者
又一次擎起云霞般的旗帜
创造着人类更加辉煌的前程

阳光——
明媚和熙的阳光
温暖着每一个劳动者的心田

春雨——
润物无声的春雨
滋润着每一个劳动者的心灵

当我一遍遍，一遍遍
高唱着公交之歌
去和着那城市文明雄浑的乐章
我是在歌唱啊，歌唱——
我们一代又一代公交人的追求
我是在传承啊，传承——
我们公交人执著的信念和心声

当我一次次，一次次
穿越着时空的隧道
行进在绿色公交线上的每一个里程
我是在迎送啊，迎送着——
每一位亲人般的乘客
我是在欣赏啊，欣赏着——
那一张张甜美的笑容

我自豪
我骄傲
我快乐
是劳动者的智慧
让人们告别了，告别了——
那陈旧的车辆
是劳动者的创新
让人们享受着，享受着——
现代公交带来的便捷
是劳动者的付出
构筑了人与人之间美好的和谐

作者：李新政

劳动者的收获啊
让每一个人心灵的天空格外朗晴

当我奔跑着，奔跑着
去迎接那又一个火红的太阳
当我呼唤着，呼唤着
那又一个美妙的春华
眼前是高楼如林　繁花似锦　绿荫如坪
耳边是歌声阵阵　笑声朗朗　细语声声
无数条线路的延伸
无数个点和线的联通
把公交人的豪情
凝聚在，凝聚在——
这古老而又现代的都城
把"劳动伟大，劳模光荣"的巨幅标语
书写在，书写在——
每一个劳动者的心中

请告慰我们的祖先
我们的每一个细胞
每一根神经
每一条脉搏
都永葆着华夏子孙勃勃的生机
再告诉我们的后生
让我们共同的情感
共同的志向
共同的理想
在辛勤的劳动中升华
在不停的创造中永恒

最 美

第一客运分公司　崔媛媛

北京最美是清晨，
清晨最美是川流不息中的你。
你迎送着北京的日暮朝阳。
霞光里，你的形象最现代，
车流中，你的胸怀最宽广。
每日的约定，你一如既往，
迎送站台上的乘客，
流动的车厢是你最美的脸庞！

啊，北京公交，
你的名字伴随着祖国成长，
你有最优秀的员工，
传承着光荣，希冀着梦想！
你有最温馨的车厢服务，
一路陪伴着乘客南来北往！
你培育出的劳模榜样，
引领着当今时代的风尚。

你穿越时代，细数每段出行的过往，
你传播文明，与一个城市精神共同成长！
一路有你，你搭乘着几代人出行，
一路同行，你目睹着城市的变迁与兴旺！

面对"非典",你用坚守传输着城市的血脉,
喜迎奥运,你用赤子之心书写着忠诚与奉献!
你时刻记挂着百姓的出行,
惠民票价,免费乘车,
你贡献着城市发展的一份力量!
哪怕"最后一公里"也不会忽视,
你用坚实的臂膀扛起了"送到家"的担当。

最美是你,亲切熟悉的那个模样。
你是新时代首都街头最美的阳光!

作者:唐　婷

星星　梦想　她

第一客运分公司　秦瑞林

星星把她轻轻地唤醒，
她投入了星星的怀抱里。
领到新工装的那一天，
她把梦想悄悄地告诉了星星；
星星许了个心愿，
用尽一生也要把她呵护。

房间的灯进入梦乡，
星星还在户外守候张望，
星星露出了笑容。
从那熟悉的方向，
那条红色的围巾在夜色中飘动。

作者：张　鸣

公交先锋　无悔人生

双层客运分公司　郑地宝

一　发展百年

北京公交经过百年的发展
终于成就了今天这幅丰富多彩的画卷
它的绚丽多彩
凝聚了几代公交人的苦辣酸甜

四通八达的运营线路
结构优化　布局合理
管理科学　系统规范
成为带动北京城市发展的血脉

为了北京的天空更蓝
新能源汽车大力发展
混合动力车　燃料电池车
新型车辆　时尚美观
设施先进　舒适安全
噪音低　无污染
员工高兴　百姓喜欢

灵活高效的调度指挥系统
是北京公交的顺风耳　千里眼
轨道交通　快速公交　蛟龙出水般快捷

缩短了百姓出行的时间
惠民政策接连出台
票务制度改革　百姓最得实惠
65岁老人、残疾人免费乘车
凸显政府人文关怀
通勤车打通了社区微循环
百姓出行更快捷方便

　　二　模范风采

当清晨的第一缕曙光
照亮北京的大街小巷
马达声声像一首和谐欢快的晨曲
唱响了北京精神　唤醒了沉睡的大地
当夜幕笼罩了天际的窗
工作了一天的人们沉沉睡去
而夜班车已悄然行驶在路上
公交人默默坚守着自己的职责
用温暖的车灯
照亮夜行人的路

展开北京公交的历史长卷
几代劳模的鲜明形象跃然纸上
有百问不倒的赵淑珍
有百万公里无事故的冯广善
更有新时期的群众贴心人李素丽
有创先争优的最美司机刘美莲
有安全行车几十年　轮下救人的王耀奇
更有严于律己　宽以待人的好书记刘君
有人称活地图的张鹊鸣
有乐于助人　不求回报的宫美贤

更有为了公交事业、乘客安全
献出宝贵生命的冯希利、吴春、曹振贤

还有那数不胜数的先进集体
360 路慢车线
爱心助残 40 年从不间断
电保厂二车间团支部
十年如一日照顾孤寡老人唐淑兰
他们是北京公交的急先锋
正是因为他们爱岗敬业　埋头苦干无私奉献
北京公交才有了今天飞跃式的发展

他们是一颗颗天际的星星
默默坚守自己的运行轨迹
一圈一圈　付出了青春年华
一圈一圈　收获了生命的真谛
他们更是驰骋的骏马
为了北京的公交事业
不用扬鞭自奋蹄
争优创先　只为群众满意

　　三　无悔人生

冬天的黎明　漆黑寒冷
车厢外　风雪肆虐
车厢内　温暖如春
公交人微笑服务付真情
热情融化寒冰
严寒酷暑　止不住他们匆匆的脚步
狂风暴雨　浇不灭为乘客服务的热情
每个微笑　每次问候

体贴入微　心怀真诚

如果北京公交是一艘远行的巨轮
承载着政府和人民的期望
那十万公交人便是托着它前进的海洋
如果北京公交是一幅宏伟蓝图
那十万公交人的汗水便是最绚烂的色彩
如果北京公交是一曲华彩乐章
那十万公交人便是跳动的音符
把"一心为乘客　服务最光荣"的行业精神唱响

我爱你　北京公交
你成就了我无悔的人生

写给平凡的你

第四客运分公司　郑颖

星星在等待你，
月亮在陪伴你，
太阳每天迎接你，
这个世界需要你。

你平凡的不能再平凡，
普通的不能再普通。

昨天的你——
衣着朴素、性格刚毅，
为了城市的运转你从未停息。

昨天的你——
既让人熟悉，又使人陌生。
熟悉是因与你天天相见；
陌生是因与你接触暂短。

今天的你——
整装待发，充满活力，
为了城市的快速发展你仍未休息。

今天的你——

经历了百年奥运的考验，
走过了祖国华诞的洗礼。
可你依旧是你，
依旧平凡美丽！

你是那样清新，
似流云装点蔚蓝的天际，
似音符传递快乐的消息。

你是文明的窗口，
一个微笑，一句话语，
北京精神就从这里传递！

歌 唱

第五客运分公司　郑亚芬

人来人往，来去匆匆
似用清脆的嗓音歌唱
"乘客您好，11 路开往大北窑东
请您从中门刷卡上车"

人来人往，来去匆匆
似用清脆的嗓音歌唱
"尊老爱幼是中华民族传统美德
哪位给抱小孩的乘客让个座
好的谢谢您"

人来人往，来去匆匆
似用清脆的嗓音歌唱
"大爷大妈不要着急
等车停稳您再起来
我扶您！"

人来人往，来去匆匆
似用清脆的嗓音歌唱
"美丽的古塔公园始建于明代
这里絮花似锦，绿树成荫
是您休闲观光的好去处"

人来人往,来去匆匆
似用清脆的嗓音歌唱
歌唱着
她的嗓音沙哑了
一位小姑娘举起一袋金嗓子喉宝
一位老大爷把一瓶矿泉水送上
姑娘喝口水歇歇吧
乘客的关爱如清泉流淌
她的歌唱变得更加响亮

作者:杨建立

不是第一次

——特 11 在保"两会"的日子里

新奥客运分公司　安立荣

不是第一次
戴着红袖标
穿梭在双层车的车厢里
仿佛走上了一个个战场
不管是驾驶员还是乘务员
都一样精细服务
虽然
只是在保证车厢的安全
却在那一瞬间
具有了英模一般
崇高的责任

不是第一次
繁盛的春天有这么几天短暂的任务
关于公交员工的责任和使命
意义重大
时间紧迫
非同凡响
要求我们
在有限的时间里
确保线路运营万无一失

不是第一次
所以从容不迫信心满怀
不是第一次
依然全神贯注积极应对
用双手用眼睛
用勤劳用智慧
确保公交线路的安全稳定

作者：佚 名

春天的画卷

新奥客运分公司　刘俊华

首都的窗口，北京的名片，
一道靓丽的风景线。
十米车厢，迎来送往，
承载着大江南北的宾朋。
怀着对北京的向往，来到盼望已久的首都——

看到缓缓驶来的公交车辆，
干净整洁的乘车环境；
看着乘客的有序乘降，
洋溢着甜美温馨的笑容；
感受着驾驶员娴熟的技艺，
体会到平稳的安全操作；
眼帘内到处是扶老携幼的画卷。
在温暖如春的车厢里，感受着真情的服务，
保留着永恒的记忆……

蓝色畅想曲

新奥客运分公司　刘金凤

公交是城市流动的风景
我们是这风景中的灵魂
公交是首都的窗口
我们是这窗口中蓝色的天使
春日里　我们像惬意的细雨
沐浴着春风　滋润着乘客的心田
夏日里　我们像雨后的彩虹
绚丽多彩　为乘客送去热情
无论是秋日里的寒风吹乱了长发
无论是寒冬里的霜雪冻僵了手脚
我们无怨无悔　坚守信念
永远不变的是我们的梦想
让蓝色的背影在车厢里穿梭
用微笑去谱写一曲曲动人的故事
用真诚去感动南来北往的客人
无私奉献着
我们是蓝色的天使
更是这流动风景中的灵魂
畅想未来吧　明天我们更辉煌

流动的风景
——公交之歌

新奥客运分公司　王菊

奉献篇

当东方渐露鱼肚白的时候,
伴着马达的轰鸣声我出发了,
小鸟欢快地为我歌唱;
华灯初上的晚上,
闹市里的霓虹灯为我舞动;
从早到晚我在柏油路上奔忙。

自豪篇

小小车厢承载着千家万户的出行,
劳模先进是我崇拜的英雄,
乘客至上的宗旨在心中永恒。
车厢内,积极主动让您倍感温情,
站台前,细语叮咛照顾好您的出行。
干净整洁的乘车环境创造绿色心情,
安全快捷的运营秩序来自公交团队智慧的结晶。
流动的风景流动的家,
和谐社会要靠你、我、他!

歌颂篇

一轮圆盘　三尺票台　十米车厢展公交风采，
五彩纽带　八方涌动　万众一心建首都文明。
微笑服务　贴心服务　智能服务做最可爱的人，
人文公交　科技公交　绿色公交演绎北京精神。

平安曲

新奥客运分公司　王克强

车行千里欲平安，遵章守法是关键。
车多路窄不乱钻，文明礼让路自宽。
跟车距离要放远，路口转弯速度减。
出入车站不怕慢，起步停车左右看。
雨雾雪滑天气变，控车稳刹无伤员。
盲目行驶最危险，心浮气躁惹事端。
冲动一时后悔晚，害人害己把谁怨。
血泪教训换经验，警钟长鸣响耳边。
心系乘客公交人，车辆驾驶重安全。
全员齐心同努力，共建和谐做贡献。

作者：王　琨

守 候

新奥客运分公司　王丽霞

有一种平凡叫做守候
从城市立交桥到乡村公路
不停转动的是公交的车轮
从星罗棋布的站台到纵横交错的线路
守候城市动脉的是公交人

有一种执著叫做守候
从驾驶座舱到三尺票台是公交人的舞台
无论春夏秋冬不停流动的是公交的窗口
从进站到出站到途中　像流程贯穿在一起
守候流动窗口风景的是公交人

有一种恪尽叫守候
从观察沟通到四心服务是公交人的职守
无论过去将来不断耕耘的是公交的精神
从安全到运营到技术　是服务规范在一起
守候平凡岗位的是公交人

有一种忠诚叫守候
无论面向何方企业公益性是公交人的责任
从诚信为本到有诺必践是忠诚的信条
从机关到基层到车厢　把满意与目标连在一起
守候未来卓越的是公交人

微笑的北京公交

专线客运分公司　贾向英

清晨阳光照进车厢，又是崭新一天；
新老乘客相聚一起，缘分就在这里；
排队上车热情礼让，车厢充满情义；
微笑传递你我心语，相逢没有距离；
古老北京现代气息，永远诗情画意；
我们每天穿梭行驶，笑容灿烂无比。

披星戴月早出晚归，永远不知疲惫；
老幼病残照顾周到，爱心相互传递；
路不熟悉我来介绍，北京充满魅力；
道路通畅心情愉快，我们幸福无比；
整洁环境清新空气，自由自在呼吸；
传承文明孕育希望，我们在这里；
微笑的北京公交，为您穿越四季；
微笑的北京公交，为您穿越风雨；
我们用微笑迎接四海的朋友；
我们用爱心营造人生的美丽。

品读公交人生　伴随都市成长

北巴传媒有限公司　杨晓帆

喧嚣的公路上
高速的彩流中
呼啸而过的身影虽片刻须臾
待客的热忱却矢志不渝
那惊鸿一瞥的音容笑貌
不知平复了多少奔波者身躯的劳顿
不知驱散了多少兼程者心情的烦躁
以乘客之心为心
总要学会换位思考
最终赢得他们的满意和微笑
这就是我们的使命和目标
是每个公交人对内心的省问
对形象的塑造
对价值的追求
对社会的回报

两个点和一条曲线
我们用一生大部分的时间去营造
也正如自己的人生
有起点有终点
道路虽然曲折
但总有接近成功的幸福和美好

慎终如始啊
这是我们铭记于心的法宝
默默奉献啊
这是我们安心服务的信条

蓬勃的朝阳总能把我们的车窗擦亮
城市的窗口总能迎来第一缕晨光
伴随着我们熟络的话语
以及马达隆隆的声响
唤醒了人们惺忪的睡眼
温暖了那些黯冷的心房
我们是城市机能的催化剂
我们是都市头顶的旅行箱
不同的是
我们装载的是人
催化的是情
履行的是义不容辞的责任
胸怀的是公而忘私的坦荡
载着沉甸甸的是厚德啊
那是首都成长凝聚人心的土壤

在同一条路上驱行反复
只为座位上不同的面孔
获得同样舒心的服务
不厌其烦地重复着同一段"台词"
只为不同的"听众"
平安地到达各自的去处
平凡而有益的举动无限次的积累
便成为良好的习惯和人生的态度
只有这样
每个公交人才能够心安理得地享受工作和生活

并为我们共同的事业鼎力相助

为都市的血脉注入喷张的力量
阅都市的沧桑领悟深沉的思想
用人生的荣枯见证流金的岁月
把人生的价值比作事业的砖墙

也许在善美刚健的诗意中
会唤醒你久眠的力量
也许在曲折婉转的诗情里
能激发你昂扬向上
我敬爱的同事和师长
不论我们是擦肩而过还是共事身旁
请放下琐碎的苦恼
重拾梦想的美好
为公交的人生喝彩加油
将首都的繁荣满怀拥抱

作者：白俊珍

晨 风
——公交礼赞（外一首）

集团公司 IC 卡中心　高云峰

晨风

站台上你翘首伫立，
像一株挺拔的白杨。
我热情的目光闪亮，
可曾驱散，
你肩上的月色寒凉？

你在我怀里小憩，
睫毛上跳动的微笑，
是我心头第一缕阳光。
我小心地呼吸心跳，
生怕汗水滴落，
惊扰你的梦乡……

你还要走多远？
你要去往何方？
追逐你的希冀，
我把脚步织了绵密的网。
每一根牵挂，
都是我心底的泉，

泛起星辉点点，
照亮了小小的梦想：
梦里是风雨无阻的街，
梦里有灯火阑珊的守望……

朋友啊！
我是那么爱你，
也并不奢求邂逅延长。
我愿每次见你，
都把最美的笑容绽放；
每次拥抱你，
送出温暖和力量；
每次离开你，
许一个平安的愿，
让她陪你到远方……

然而这还不够，
这还不够——
我还要把醉人的春风，
捎给每一个陌生人，
就像现在我爱你一样……

公交司机

总是向着黎明，
迎来第一缕朝霞；
总是肩披星月，
告别最后一盏街灯。

脚踏前进的速度，
手握安全的方向。

笛声是你交流的语言,
车灯是你沟通的目光。

你伸出手,
对着后面的车辆。
轻轻挥动,
示意你的方向。
有人放慢车轮,
把你庞大的身躯,
让到前方。
你伸出拇指,
代表全车的乘客,
赞赏。

有一个你,
说,我不舒服,大家下车吧。
打灯,靠边,稳稳停车,
这是一个生命最后的闪光。
只有融入骨血的责任感,
才能撑起这样的坚强。

有一个你,
喊,都下车,要快,别慌!
浓烟,烈火,生死顷刻,
最后一个下车,
你觉得自然,正常。

更多的你,
没有惊心动魄的经历,
只有日复一日的匆忙,
平常的充实,

充实的平常。

这平常有如一曲交响,
你用满满的真诚演绎,
每天奏响在车上,
流淌在路上,
激荡在劳动者的心上……

作者:佚 名

备战奥运的公交人

集团公司宣传部　刘　静

2001 年 7 月 13 日北京赢了
这日子把北京公交和奥运永恒的联系在了一起
因为防止交通污染　改善空气质量
奥运交通与社会交通和谐运转
这是中国向国际奥委会作出的庄严承诺
它成为北京公交为之不懈追求的目标和神圣使命
难忘——
乘客拥挤在一起尴尬的面颊
眼看着老旧车辆
拖着抱怨艰难的离开了我们的视线
还有那不尽人意的道路状况

在一起向奥运进发
我们需要改变
我们需要进步

在公交车上
在动物园枢纽站
在锂电池电动大巴车上
在劳动英雄的家中
在北官厅古建式公交场站

在公交实施刷卡的第一天
在京华客车的生产基地
在前门 BRT 站台
在马官营的加气站
都可以看到
中央地方领导和我们在一起和蔼可亲的容颜
都可以听到
社会各界支持　鼓励　信任北京公交的话语

在一起
我们和流动的风景在一起
我们和新建的场站在一起
我们和 GBS 系统在一起
我们和公交网站　交通热线在一起

面对北京的巨变　迅猛的发展
我们骄傲自豪
我们欣慰快乐
在同一个世界　同一个梦想的感召下
在一起
美国　德国　意大利　加拿大　荷兰　日本等
国家领导人先后访华
关注支持北京公交环保事业
康明斯　艾里逊　奔驰　依维柯　金龙　宇通　黄河等
国内外知名公司与北京公交在一起
积极合作　追求卓越

在一起为成功拼搏
我与奥运同行
我为祖国添彩

难忘——
多少次的动员
多少次的培训
多少次的大赛
多少次的表彰
难忘——
无数次的演练
我们和蓝天　雨雾　星夜　礼花在一起
每一次的出乘
我们和微笑　责任　真诚　奉献在一起

在一起
我们共同走过了平凡而又精彩的历程
在一起
我们共同跨入文明行业的队列中
在一起
我们共同展示风采
在一起
我们共同收获成果

我们和党旗团旗在一起
我们和文明出行在一起
我们和奥运精神在一起
我们和祖国荣誉在一起
在一起
七年践诺　七年备战
我们永远在一起

公交在我心中

保修分公司　段建伟

公交在我心中是协奏曲
用纵横交错的公交线路做五线谱
用劳动者的汗水做音符
和着城市的序曲
铿锵有力地奏响在城市的每一个角落

公交在我心中是厚重的历史
车辆的变迁记载着一段奋发图强的记忆
承载着老一辈公交人幸福和艰辛的回忆
凝聚着新一代公交人与时俱进的时代精神
与城市的历史水乳交融

公交在我心中是信念
以保证市民平安出行为天职
以构建绿色京城为己任
用责任和永不放弃的追求
坚定不移地构筑城市道路畅行的长廊

公交在我心中是微笑
笑脸迎来送往八方客
小小的温暖汇聚成感人的瞬间
真诚和善良洋溢着感人肺腑的清香

传播着首善之都的阳光情暖三尺车厢

公交在我心中是朝阳
温暖和煦焕发着动人的活力
象征着生机、繁盛、温暖和希望
在十万公交人的携手努力下迸发
勇敢和坚定写在每一个人的脸上

公交在我心中是希望
九十一载征程不止
一路风雨一路同行
在艰辛中孕育希望
前行的脚步铿锵豪迈永不停息

这就是我心中的公交
平凡岗位彰显着和谐的魅力
风霜雨露中默默的奉献
寒风酷暑中默默的守护
用真诚的付出情暖都市中的你我

作者：李新政

保修职工的手

保修分公司　郭燕伟

那一双双普通的手
被风霜磨砺的褶皱里
凸显岁月的沧桑
在与机器为伍的日子里
将信念与责任牢系指间

那一双双朴实的手
经历了北京公交车辆的变迁
不管是"老解放"
还是最新型的公交车
经过他们的手
安全平稳地奔跑在北京的大街小巷
运送四方来客

那一双双灵巧的手
任由车型的变换
再难的故障
也总是能够被他们
及时化解

那一双双有力的手
在为运营的护航中

托起了千斤重担
伴随着发动机轻快的节奏
透过司机满意的笑脸
他们总是悄然而去

那一双双厚重的手
用无私的奉献
精益求精的态度
托起了公交保修明天的太阳

作者：张 鸣

先进颂

保修分公司　马　良

冬去春来,花落花开
走过 2011
昂首阔步,开创未来
当日历掀开崭新的一页
我们为企业的发展喝彩
走进 2012
我们心潮澎湃
又是龙年
又是一个新的起点
回顾那 365 个日日夜夜
我们被先进的事迹所感染
凛冽的寒风,没能使保修人弯下腰杆
烈日高悬,无非是上帝变换的考验
运营车辆驶入保修车间
先进的职工忘我工作,冲锋在前
地沟上下,忙碌一片
清洁、润滑、盘轮、换胎贯彻"三检"
各工位规范操作服从检验
先进的职工,企业的骨干
为保运营流汗
他们是全体员工的榜样
他们是企业的栋梁

脏活冲在前，苦活抢着干
工作起来是模范
无论刮风下雪
无论雷雨交加
他们时刻都在无私奉献
保质量，他们技术精干
讲服务，把北京精神充分体现
为运营一线保驾护航
是他们闪光的心愿
又是只因一辆保养车
他们干到很晚很晚
次日的太阳还未升起
他们又随小分队外站巡检
巡检的车辆驶过冰雪尘封的寂静
奏击最动听的乐章
确保运营安全
面对重大碎修
又是他们
挺身而出，不畏艰难
排除故障
汗水湿衣衫
多年来艰辛努力，稳步发展
多年来不懈追求，走到今天
先进的职工
敬业创新，无悔无怨
再创辉煌，勇往直前
这就是他们坚定的信念
改革的步伐一日千里
科技的进步日新月异
保修职工团结进取
真切的话儿发自心底

向党员学习,向先进看齐
为实现双零目标不懈努力
用辛勤的劳动汗水,无私的奉献精神
谱写出创先争优的赞歌新曲
上级下达的临时任务
先进的职工啊
总是抢着往自己肩上扛
火热的胸膛,坚实的臂膀
勇挑重担奔前方
任务完成后
憨厚的笑容绽放脸上
带着劳动昭示的希望
怀着远大理想与志向
那是为了企业的明天创造辉煌
"先进"无愧于这光荣的称号
任劳任怨,扎扎实实
更好地建设城市公交

作者:王炳德

我们是公交车的护航使者

保修分公司　王啟东

当轰隆隆的发动机声响起的时候
当举升机开始支车的时候
新一天的工作开始了
您要问我们的工作是什么
我们是公交车的护航使者

我们来自不同的地方聚集在小小的车间班组里
穿着深蓝色的工作服，戴着洁白的手套
车上车下展露出忙忙碌碌的身影
因为我们是公交车的护航使者

我们把青春留在了这里
我们把汗水洒向了这里
为了把每一辆合格的公交车交回运营司机的手中
让更多的乘客平安、舒适地乘坐
因为我们是公交车的护航使者

当日子成为照片渐渐成为回忆时
虽然我们每天总是疲惫不堪
但是我们总快乐地向前看
因为我们是公交车的护航使者
守护着每一辆公交车的平安运行

在路上
——赞"公交活地图"张鹊鸣

第一客运分公司　郭景富

在路上，
你迎来送往天下来客，
你用真诚化干戈，
你用忠诚为民生。
你是乘客眼中亲切的北京小伙，
你是新时代公交人新的形象！

在路上，
你徒步丈量着京城的街巷，
你用更精准的"导航"指点乘客的方向，
你跑坏的皮鞋只为乘客少跑冤枉路，
你的"指路词典"成为公交出行的"秘籍宝书"，
你是乘客有口皆碑的"活地图"！

在路上，
你是80后年轻劳模，
你的荣誉让人向往，
你依旧不骄不躁不离车厢，
你是年轻公交人的榜样！
你是首都公交服务乘客中的响当当！
在路上，

你搀扶过的老人都对你念念不忘，
你帮助过的"连腿女孩"已经成长，
你结识的外国朋友认为你是北京最美的模样。
你是公交车厢文明的使者，
你是首都公交美好的名片！

在路上，
你说日新月异的线路就是我的前进路，
你用双脚丈量着首都公交的线网。
你热爱生活更爱这平凡普通的公交车厢。
你是京城百姓出行的好向导，
你是公交爱岗敬业的好榜样！

作者：张 鸣

无悔的选择
——与公交劳动模范共勉

第四客运分公司　王素梅

爱是无悔的选择，
是爱把我们彼此相连。
我把青春献给了公交行业，
逝去的年华让人留恋。

但是，我们不后悔选择公交行业，
这太阳底下最神圣的事业。
岗位虽平凡，责任重于山，
再苦再累心情愿。

无论是老驾驶员的沧海桑田，
还是年轻一代的风华正茂。
都是我们奋斗的见证，
都是我们进步的源泉。

现在，我们像正午的骄阳，
源源不断地把自己的能量奉献给社会。
明天，我们要托起新的一轮太阳，
让首都的公交精神星火相传。

爱是无悔的选择，
让我们奉献一份爱心。
托起一片晨曦，
把有限的年华投入到无限的为人民服务工作中去。

公交劳模赞歌

第二客运分公司　李晓光

充满朝气的五月
飘出劳模的赞歌
地面上劳动的节拍
天空中勤奋的韵律
阳光下是公交人的足迹
车厢中是公交人的身影有这样一群人
从不叫苦
默默奉献
勤奋努力
沐浴着晨星与夜月
穿梭在街道和小区公交劳模飘洒汗水的身影
最最可敬
他们是时代的先锋
他们是学习的榜样
让劳动光荣四个字不仅仅是口号
而是实实在在践行的誓言在这里
我要大声说出我的心声
公交人
你们辛苦了
公交劳模
你们是这个时代最可爱的人

第 一
——写在"百名礼仪服务标兵"颁奖典礼上

集团公司宣传部　刘　静

1950 年 10 月
第一代（有轨电车）女司机正式上路
1958 年 12 月
第一批无轨电车女司机亮相京城

第一位荣获"劳动英雄"称号的售票员——赵淑珍
第一位当选为两届全国党代会代表的售票员——任玉琢
第一位在大会堂做事迹报告的全国劳模售票员——李素丽
第一位"下岗就业明星"乘务员——刘俊华

第一位荣获全国"五一"劳动奖章的农民工乘务员——王艳
第一位用三语服务乘客的北京市十大杰出青年乘务员——杨坤
第一位个人编撰《公交速查词典》北京市劳模乘务员——张鹊鸣
第一位荣获全国职工岗位技能大赛"劳动榜样"称号的驾驶员——陈德生

啊——
北京公交就是这样
以她特殊的价值
不断涌现着第一
演绎着第一

第一个打破城市寂静
迎接朝阳的行业是北京公交
第一道工序的美誉
永恒地烙印在城市乡村出行人的心上

也许第一次出游
乘坐的就是熟悉的公交车
也许第一次令人赞许让座的举动
就在公交车上

记得——
第一天上小学的我
第一次得到的是那位笑眯眯乘务员阿姨
亲人般的呵护
在通往学校的路上
她照顾了我六个春夏秋冬
让我平安快乐地步入了中学的校园
这是一段永生难忘的情结

记得——
第一次见到传颂中的李素丽是在电视中
从此
媒体中报道北京公交的人和事
就和我结下了不解之缘
于是我和爱好公交的男女老少
聚合在网络中　车展上

如今——
体验乘务员的工作
成为了时尚的沟通方式
购买的第一张交通一卡通

成为了我收藏中又一件珍品
选择的第一次放弃驾车出行
使我感受到了乘公交车魅力的无限
啊——
第一次在网络平台
点击值得我们尊重敬佩的礼仪服务标兵
第一次用短信的方式
传递着我们对北京公交人的情和爱

凌晨——
老式的闹钟
第一次唤醒的不仅仅是我
满眼看到的
还有我的爸爸妈妈
还有熟悉的亲人
午夜——
在宁静的站台
第一次等我接我
是他　我的爱人
二十年过去了
每每午夜
他仍是重复着那让我感动的第一次

车队领导让我带徒弟
第一次的接触
就让我欣慰
她不仅学历高有素质
而且
年轻美貌　举止文雅
谦虚好学　热情善良
刚刚一年多的她

不仅工作出色
而且
还走上了舞台
展示礼仪
表演小品
让我看到了北京公交
后继有人
明天更好
从未参加过投票活动的我
由衷地为她投上了赞美的一票

啊——
你　我　她
情系北京公交
难以忘怀　无数的第一
终于传承　重复的第一
不断创新　精彩的第一
永远追求　行业的第一

作者：高志伟

蓝色花朵

第二客运分公司　于　燕

静默的蓝色花朵
盛开在小小的车厢
汁液芬芳是辛劳的汗水
四季更替　兀自盛放

迷离的蓝色花朵
沾染清晨的第一颗露珠
倾听夜莺的歌唱
霞光熹微为它披上锦衣
璀璨星斗为它点亮夜装

朴素的蓝色花朵
默默坚持的力量
动人的笑靥在风中招摇
不必理会　被忽略的眼光

于是　蓝色的花朵
洒下一路阳光

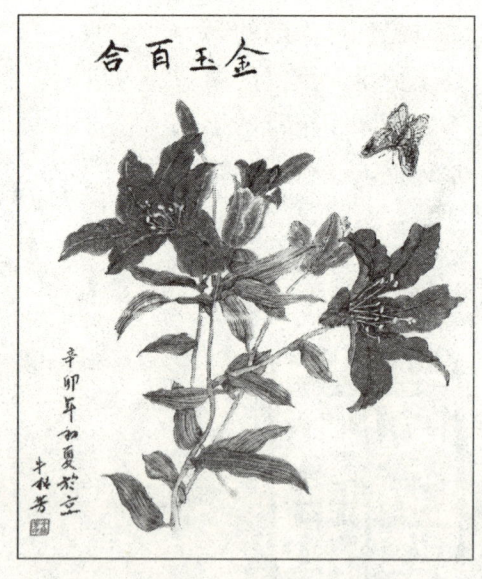

作者：牛桂芳

雪中的风景

第一客运分公司　张秋燕

车窗外，雪花飞舞
像是天上的仙女，散下的花，洁白无瑕
覆盖了大地，仿佛是嫦娥广寒宫的家

车窗前，暖阳升起
像母亲的手，送来冬日温暖的呵护
车顶上的那髻儿白雪，化作泪水流下
车窗上还有雪花亲吻时，留下的印花
车轮把马路辗压，雪化成了水，为车身挂上了泥巴

冬日雪后的车场哟！好像在开一场大会
不，不是大会，是公交人清洁车辆的集会
你抡起刷子，我提着桶，我挽起胳膊，你卷起了裤腿
趁着停站十分钟，刷走了风档前雪花流下的泪水
趁着停站十分钟，刷走了雪花亲吻时留下的印花
趁着停站十分钟，刷走了雪水挂上的泥巴

寒风吹起了你的长发
在你的脸颊，涂抹了两片红霞
额头上的汗珠哟！像珍珠一样往地下洒
天上的太阳哟！请照的再暖一些吧
别让刚刷干净的车窗结上冰花

脚下的冰水哟！请别那么滑
让我们的公交人，刷完车，还要上路把乘客拉
北京的道路哟！有万千条
条条马路上，盛开着我们的公交之花

作者：张　鸣

马路天使

第一客运分公司　张秋燕

从始点到终点，一片又一片
你推动着岁月的转盘
在来来回回中盘旋
从日出到日落，一天又一天
披星戴月奔跑在每条马路上的
是一身身美丽的公交蓝
日月交替，星辰轮换，岁月留给你，一道道深深的印记
遮盖了你青春的容颜
多少次迎着东方的日出上路
多少次踏着星星铺成的路回家
岁月的风霜，染白了你的头发
窗外的雨，挡不住你信念的步伐
在每一条马路上，没有节日，没有假日
有的是不变的节奏，是用双脚叫醒沉睡的大地
在每一条马路上，没有午餐，没有晚餐
有的是在三尺票台的尽心尽意
在每一条马路上，没有午休，没有聚会
有的是在十米车厢的来回奔忙
迎来五洲四海的宾客，留下兄弟姐妹的情谊
沐浴风霜雪雨的洗礼，赏尽春夏秋冬的风景
你是朝阳中的河流，在宽阔的马路上流淌
你是暮色中的山峰，在城市的轮廓中闪亮
手中的方向盘，转动着没有尽头的终点

滚滚的车轮,不知疲倦地开始着一个又一个始点
美好的开始总在春天,你就是春天的使者
永远不会老去,永远飞翔在城市间

作者:佚　名

有种青春叫担当
——写给可爱的新一辈公交人

第一客运分公司　崔媛媛

你是谁，
你是爸妈眼中的宝贝，
前辈眼中的孩子。
而当你一身湛蓝，
流动在京城的大小街巷，
成为一个平凡而光荣的公交人！
年轻的你开始懂得，
有种青春叫担当！

你丢掉了骄娇二气心更细，
你学会了宽容理解为百姓。
当你用稚嫩扛起责任，
用青春描绘成长，
当你扶老携幼受称赞，
拾金不昧受表扬，
当你汗流浃背工作在烈日骄阳，
寒冬腊月坚守在平凡岗位。
你用行动鉴证，
有种青春叫担当！
五环旗帜，你是京城最美名片，
国庆盛典，你坚守岗位述忠诚！

用心服务你是年轻人的榜样，
恪尽职守你是祖国的希望！
这一刻，你让人们看到，
有种青春叫担当！

三尺票台上，
你岗位奉献传佳话，
志愿服务中，
你首当其中当先锋！
你在公交不断历练，
在奉献中收获成长！
谱写着动人的奉献之歌。
当你唱起，
有种青春叫担当！

你是谁，
你是新一辈公交人！
你挥洒青春的汗水，
耕种在公交沃土之上！
你青春奉献的画面，
成为京城最美的笑脸！
你淡定从容的风采，
塑造公交美好的明天！

作者：佚　名

为公交人喝彩

第二客运分公司　宋　哲

我是一名公交驾驶员
我是一名公交乘务员
普普通通的岗位
却系着千万乘客的出行
车潮中日复一日地循环
是你让我安全到家
人群中一遍遍地宣传　提示　解答
是你贴心的服务让我感受温暖
你就是李素丽　你就是刘俊华
是你们让四方来客认识了"北京"

我们默默地肩负着诚信
用热心谱写着和谐的时代旋律
平凡中彰显服务最光荣的宗旨
一颗螺丝钉的精神处处闪耀光芒
一代代传承着公交人的骄傲
一批批实现着公交人的梦想
我们用爱岗敬业表达真挚情感
我们用心书写动人的篇章
向先进学习争做与时俱进的新楷模
为首都增光　为公交而喝彩

平凡的演出

第二客运分公司　于　燕

有人说，人生就像舞台。
有人说，我们每一个人都是演员。
我想，我们就是这个舞台上最微不足道的角色。
因为我们平凡。

我们的舞台，没有斑斓的灯光，没有热烈的掌声。
我们的舞台，是十几米的车厢和七尺票台。
每天伴随我们的是夕阳和朝露，耳畔是发动机的隆隆声。
一拨又一拨的乘客就是我们的观众，观看着我们的真诚表演。

平凡不是微不足道，而是无需多言。
平凡不是黯淡无光，而是我们真的不需要太多装饰的色彩。

这是一场平凡的演出。
我的心里郑重而踏实。
谁又能说，我们不是最好的演员？
我们把每一场戏都演得真挚热烈。

而我们，也收获了：
最平凡，最安心，最实实在在的一生。

公交人的春夏秋冬

第二客运分公司 苏 涛

当人们还在甜美熟睡，
当星星还在不停闪烁，
当街道还是一片寂静，
你早已悄悄迈出家门；
当万家灯火渐渐熄灭，
当人们早已进入梦乡，
当月亮星星高高挂起，
你拖着疲惫独自回家。
当万物复苏人们踏青赏花，
你在那三尺票台迎来送往；
当酷热难捱人们纳凉消暑，
你却把汗水无私洒在车厢；
当硕果累累人们忙着收获，
你用笑容为乘客送去祝福；
当寒风凛冽人们厚装暖房；
你却在冰冷车厢坚强守候。
公交人的工作和生活，
是一种坚持和一种责任；
公交人的春夏秋冬，
是华彩的乐章和优美的旋律！

作者：苏 涛

蝉鸣枝头

双层客运分公司　袁世敏

我们虽只是众星中的一颗
也许很渺小
但却为漆黑的夜空增添一丝光明

我们虽只是汪洋中的一滴
也许很渺小
但却为浩淼的大海增添一丝蔚蓝

我们虽只是仲夏里的一片云朵
也许很渺小
但却为疲惫的人们增添一丝阴凉

我们为自己的车厢
我们的家
做出了无私的奉献
乘客会永远记住我们
也许那只是一个背影
但却永远刻在乘客心里
挥之不去

赞蓝衣精英

双层客运分公司　张敬周

有人说，有爱如春雨，滋润着大地；
有人说，有爱如阳光，温暖着人心；
我用这双渴望沐雨，渴望阳光的眼睛，搜寻着！
清晨，是他们迎来第一缕阳光，
夜晚，是他们伴着月光关爱着大地，
他们不是将军，
却获得无数功勋；
他们不是文豪，
却写下不朽诗文；
他们如此平凡，
像一滴小小的春雨，
渗透着无数人的心！
他们就是走在城市公共交通第一线的蓝衣精灵。

他们，是一滴水，
反射了整个太阳的光辉！
他们，是刚展翅的鸟，
一心向着太阳飞！
他们，是才点亮的灯，
每一份光都没浪费！
他们，是刚敲响的鼓，
把每一声都化成雷！

一年四季，天气在变化，
与时俱进，社会也在不断地发展，
而他们那份炽热的心没有变，
一切从人民的利益出发，
用他们无怨无悔的精神踏响生命的音符，
振奋一个民族的风帆！
他们在平凡的岗位上用青春和热诚谱写着生命之歌，
直响透，
未来的无穷世纪！

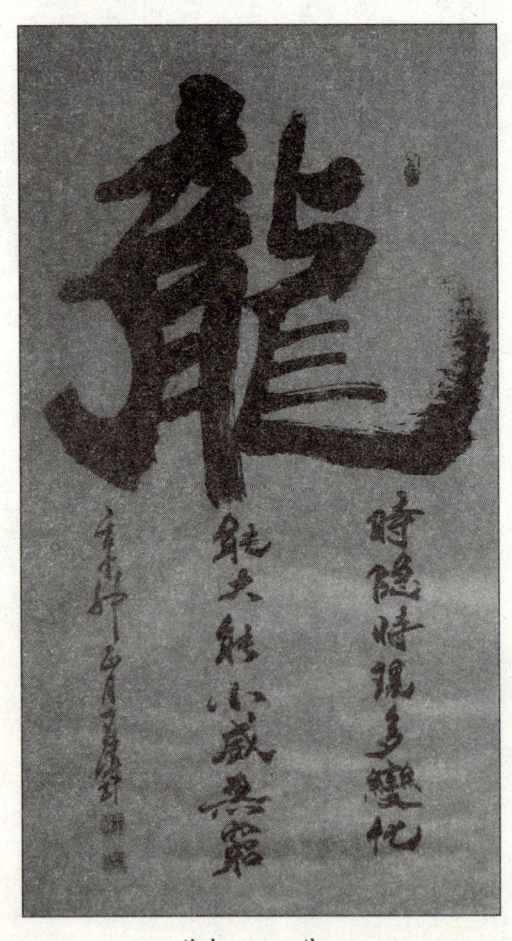

作者：王 伟

公交人

第四客运分公司　胡庆斌

每一个日升月落，
每一次暮鼓晨钟，
我们奔跑着将城市唤醒。
——早安，北京！
亲切地问候，
是我们与您不变的约定。

当晨意变成点点繁星，
当街巷睡意朦胧，
当路灯告别了市井繁华终于寂静，
我们披星戴月仍穿行于茫茫夜色中。
向城市温柔地告别，
——晚安，北京！

公交车城市流动的风景，
一代代公交儿女，
用青春书写着忠诚。
服务是本职，奉献是心声。
车厢中我们播洒了多少人间温情！

用勤劳和智慧收获成功，
用青春唱响了春天，

用责任唱亮了黎明，
用热忱唱来了潮水般的掌声，
用奉献唱出了生命的激情。

每一滴汗水都换来社会的理解，
每一份真情都迎得赞许的目光。
遭遇过误会与屈辱，
承受过眼泪与辛酸，
我们奉献青春热血无悔人生！

这就是我们北京公交人，
驾长车穿行于大街小巷。
我们一公里一公里感受着城市的变迁，
我们一个人一个人传递着公交人的真诚。
我们让微笑快乐绽放，荣辱不惊！

炽热的胸膛满怀无私信念，
向更远的前方，我们坚定启程。
也许前方仍是荆棘丛生，
也许船帆仍会逆风航行，
相信吧！我们公交人仍要创造奇迹。
我们将赢得无数的鲜花和掌声！

我骄傲,我是公交人的妻
——献给广大公交家属

第四客运分公司　沙建梅　邱京生

这些年的不容易
我怎能告诉你
有过多少汗水
也有多少泪滴
生活中的琐碎事
我怎能留给你
有过多少憔悴
也有多少美丽
家中的顶梁
你选择了公交
痴心的爱人
不离也不弃
城市中有那样多的人
离不开你
我骄傲
我是公交人的妻

这些年的不容易
我怎能告诉你
有过多少担心
也有多少委屈

说句实话
我更懂得
你手中的方向盘
应该永远把稳
真正的男人
你扑向了风雨
我是你家中
最平安的消息
城市中那样多的人
赞美着你
我骄傲
我是公交人的妻

作者：张 鸣

远 航

第五客运分公司 胡 雪

每个人都有她多彩的理想
园丁可以育人并照亮他人的烛光
白衣天使可以挽救生命救死扶伤
祖国卫士让军人感到无尚荣光
而我是一名平凡普通的乘务员
愿把灿烂青春奉献在岗位上
华灯初上，人们早早地进入梦乡
黎明的曙光仍让人们在梦中有着无尽的想象
时钟指向深夜而我们仍然坚守在岗位上
当黎明的曙光还未升起
而我们的身影又已经交织在马路上
披星戴月、穿越寒暑
任凭风吹雨打我们用双肩去担当
路灯下的相遇，黎明前相逢在停车场
是敬业、是爱岗，是对企业充满无尽的渴望
企业做大做强需要远航
而我们就是风帆，就是远航的浆
公交的今天会比昨天强，明天会比今天更辉煌
我庆幸选对了公交这一行
乘北京精神—爱国、创新、包容、厚德之东风
架起风帆，握好手中的浆
与我们自己的企业一同去远航

把青春献给公交

新奥客运分公司　安立荣

花样年华，英姿飒爽
青年才俊，蓬勃向上
火红的青春，朴实的工装
选择了公交，奉献一生
敢想敢说敢做敢闯
这才是青春的风采，青年的形象
爱岗敬业，争创辉煌
热心公益，重点照顾
爱家爱民爱党爱国
那正是青春的接力，传统的弘扬
人生在追求中体现价值
激情在奉献中燃烧释放

风雨兼程维护着公交的运营
苦累相伴支撑起平安的脊梁
车厢里荡漾着青春的风采
站台上凝聚着美好的心声
日日夜夜忙碌在场站车厢
年年岁岁穿行在城镇乡村
热血流淌着使命的神圣
激情燃烧着事业的荣光
生命的价值在奋斗中体现

理想的翅膀在光明中翱翔
爱岗敬业是履责的兑现
无私奉献是最好的诗行

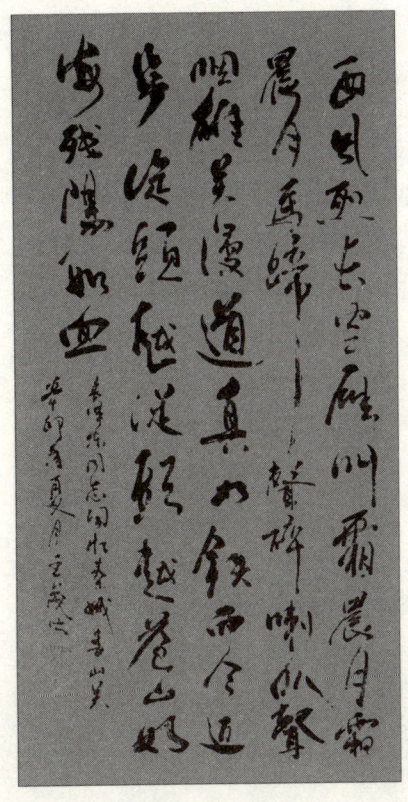

作者：王 茂

当我已不很年轻

新奥客运分公司　周东海

当我已不很年轻
皱纹悄悄爬上面庞
此刻我思绪万千
回想过去
虽然我没干过惊天动地的大事
但我可以问心无愧地对后人说
我无怨无悔
因为在生命的这条巨轮上
有我脚踏实地的足迹

当我已不很年轻
灰发悄然爬上两鬓
此刻我思绪万千
岁月如梭
当年永远使不完的青春琼浆
早已洒在为之追求的沃土里
即使我人已逐老
面对人因何而活的难解之谜中
有我辛勤探讨的汗水

当我已不很年轻
脚步也不那么矫健

此刻我思绪万千
内心的呼唤
唤醒我将要衰竭的心灵
看着那些为异己私利忙碌的人们
我不能就这样孤傲地了此一生
我将用虽然有限的能量
告诉后辈什么叫人生

飞翔吧梦想

新奥客运分公司　匡春红

飞翔吧梦想
带上公交人的热情
翱翔在事业的天空
让清新的晨风
飘送你我的笑容
飞翔吧梦想
带上公交人的豪迈
奋进在改革的征程
让灿烂的朝霞
与我们一路同行
我们昂首而来
带着自信与忠诚
破浪前行
展示我们公交人的风采
我们飞翔而至
带着执着与坚忍
冲破黎明
舞动城市发展的韵律
梦想是蓝天
我们愿做一排鸿雁
用执著飞越万水千山
梦想是大海

我们愿做一艘航船
用信仰
当做航船的罗盘
暑往寒来
一辆辆崭新的公交车
汇成一道道流动的风景
用微笑服务
迎接八方宾客
戴月披星
一句句温情的话语
汇聚成一股股暖流
用亲情服务
温暖乘客的心情
谁能读懂
我们公交人
用心血书写的这本厚厚的春秋
谁能听懂
我们公交人
用心声
谱写的这首悠扬的歌曲
我们深爱着
我们共同的事业
纵然前方山路坎坷
我们众志成城
也会一路披荆斩棘
我深爱着
我们共同的事业
纵然前方雪地冰天
我们团结一心
也会把冰雪温暖
我骄傲

我是一名公交人
梦想浇灌的花朵
随车厢洒下一路欢笑
我骄傲
我是一名公交人
辛勤种植的服务
伴朝霞展示时代风骚
我们骄傲
我们是公交人
为了我们的梦想
向着蓝天一起飞翔
我们骄傲
我们是公交人
为了我们的事业
向着成功扬帆起航

我是爱的传播者

新奥客运分公司　王丛会

朝霞伴我上路，
星儿伴我回家，
工作虽然辛苦，
我心里开满幸福之花。

远送千名乘客早已回家，
我一人晚归又算个啥，
岗位虽然平凡，
却带给人许多爱的温暖，
亲切的问候　和谐的车厢，
使他们流连忘返。

企业评我为劳动模范，
荣誉是我工作的加油站，
我总结行车节油好经验，
流传我们驾驶员之间，
为建设首都绿色公交，
做出我应有的贡献。

我愿做爱的传播者，
让包容厚德围绕我们之间，
我愿做文明使者，
让车厢载着文明行驶在北京大街小巷，
成为都市里不可缺少的一道亮丽的风景。

我是公交驾驶员

新奥客运分公司　王丛会

到站、出站，
同样的话语，每天上百遍地重复，
起步、停车，
单调的动作，贯穿了漫长的旅途。

我是公交驾驶员，
奔波在往复的道路上，
我也是一名使者，
向人们传递爱的祝福。

无论男女老幼，
我用微笑话语送去美好的心情，
无论雨雪风霜，
我用周到服务伴大家一路前行。

小心是安全之母，
技术是安全之父，
12年的磨炼和专注，
换来40万公里的圆满记录。

说起来个中甘苦，
我也有辛酸满腹，

个人的困难再多，
又怎能影响服务。

迎着朝霞出征，
送走满满的希望，
伴着月色凯旋，
带回浓浓的期盼。

到站、出站，
大家的笑容里，我找到自己的幸福，
起步、停车，
飞转的车轮上，展现着公交人的风采。

赞 美

新奥客运分公司　吴清华

有一种歌曲叫无声,
有一种感情叫奔腾,
平凡岗位上的驰骋,
看流动的十米车厢,
载送着公交片片情,
随着车轮不停转动,
运送着万千乘客出行。

凌晨在各条大路上,
闪动着接班的身影,
那时城市一片寂静,
你们却早早地出行,
当天空刚显露朝霞,
为迎接第一班乘客,
公交车已经正式运营。

春风拂面杨柳嫩绿,
大地复苏万物重生,
为给乘客创造环境,
你在认真清理卫生,
车厢里的每个角落,
都记载着你的努力,

乘客笑容是最好的回应。

炎炎烈日高温烤蒸,
车辆设施必须完整,
宁愿自己千辛万苦,
也要乘客快乐乘兴,
你挥汗如雨却不说,
乘客满意的新理念,
始终荡漾在你的心中。

金色秋风带来温情,
各地游客来到北京,
窗口行业代表首都,
为黄金季增收创收,
你在加班投入运营,
集体荣誉高过其他,
你带给乘客温柔感动。

冬日寒冷增加困难,
你总提早来到班中,
做好列检保证车质,
打开车厢内的暖风
迎接清晨初升太阳,
想到乘客忘了自己,
把自己的坚强呈向万众。

父母眼中既是儿女,
儿女面前要做英雄,
多少次你曾经很累,
回到家中也不想动,
只要到了工作单位,

你又重新焕发激情,
这是普通公交人的缩影。

让我讴歌来赞美你,
普通岗位上的职工,
城市动脉战线将兵,
首都公交蓬勃发展,
处处流动你们风景,
公交文化继承弘扬,
谁说你们不是时代英雄!

历史的车痕

专线客运分公司　裴洪阁

九十年光阴如梭
九十年岁月如歌
北京公交向您讲述一个遥远的故事
北京公交向您诉说一个开创的传奇

我想带您穿越时光的隧道重新回到 1921 年
看看当时的前辈如何兴建起北京电车修造厂
看看第一辆有轨电车花团锦簇地从这里缓缓驶出
从此开创了北京公交辉煌灿烂，新的世纪

我想与您一起走在 1949 年国庆电车公司的方队里
和前辈们一起高喊——毛主席万岁
然后亲眼目睹伟人的风采
亲耳倾听毛主席挥着手说
电车工人万岁

我想与您一起与首都公交第一批女司机合影留念
感受她们巾帼不让须眉的风采
透过 556 号车组的车厢玻璃
穿行在解放初期的北京城中
看看中国第一辆自主研发的公共汽车
与美国进口的大道奇有什么不同

我想与您一起在改革开放的春风里
迎来一个伟大时代的变革
当景山会车、温缸加水、纸制月票、红蓝铅笔逐渐变成回忆
让我们再次重温新北京、新公交与祖国共同发展蓬勃

一起重温巴士股份有限公司上市——振奋人心的画面
一起同乘客迎战"非典",走过的艰难时刻
一起在 IC 卡施行、票制票价改革的日子里
回到车厢向乘客宣传推广
一起在创建文明行业的岁月中
为建设人民群众满意公交努力拼搏
一起期待着 2008 北京奥运会的召开
站在鸟巢体育场外看着闪烁的烟花,心潮澎湃
一起在六十周年国庆凌晨集结
在 10 月 1 日的曙光中期待着全球瞩目的时刻

为了这些我们付出了太多太多
忘不了白发母亲送到站台上的生日蛋糕
忘不了病房里老父亲孤单的背影
忘不了新婚妻子蜜月失落的眼神
更忘不了咿呀学语的孩子张开的小手

这些年我们亏欠亲人的太多太多
但我们公交人无愧于乘客
更无愧于亲爱的祖国

从 1921 年至 2012 年跌宕起伏的一首《公交之歌》
谱写着多少前辈的梦想与拼搏

冯广善、延福坤、吴春、任玉琢、李素丽、刘俊华
太多太多让我们感动的名字,已经在劳模墙上铭刻

历史不会忘记、乘客不会忘记，公交人更不会忘记

让我们一起憧憬着北京公交幸福的希冀
一起期待着盛世中国的蓬勃崛起
这就是北京公交九十年的历史浓缩
这就是北京公交九十年的岁月长河

10万公交人正发动起两万余部科技技术在全球领先的车辆
怀揣梦想，再次启程
10万公交人正满怀着以人为本，乘客至上的优质服务理念
昂首阔步，踏上征程
在公交不断发展的未来里
在祖国不断崛起的未来里

让我们与10万公交人一起
让我们与数以百万的乘客一起
——祝福公交，祝福祖国

都市之夜

——电车供电架线工人的歌

电车客运分公司　孙　旭

夜晚
月亮悄悄现了晶莹
黎明
繁星渐渐没了踪影
街灯亮着
都市的晨曦这样宁静
可你还在忙碌
准备着迎接崭新的光明
织锦般的耐心
工笔样的细腻
全神贯注
街道都轻轻放慢了呼吸

作者：彭　飞

首都公交乘务员——北京精神践行者

电车客运分公司　金卫红

唤醒沉睡的晨曦，
——是月亮陪我；
告别疲倦的晚霞，
——有星星伴我。

城市交通纵阡陌，
车水马龙似穿梭。
我是公交乘务员，
热情服务诚待客。

接过老人的包裹，
搀扶年迈的婆婆，
"姑娘请您往里走，
大爷大妈您慢着。"

乘客纷纷夸奖我，
人人伸出大拇哥：
"照顾周到有特色，
无愧首都服务者。"

乘客满意是准则，
微笑迎送八方客。

北京精神从我做,
一路笑语与欢歌。

迎晨曦——
曙光因我而清澈;
送晚霞——
星光为我更闪烁。

作者:徐伟民

骄傲啊,我是公交优秀文化传承者

电车客运分公司　马　强

你问我
是什么让我把方向盘紧握
披星戴月　寒来暑往
在熟悉的街道　场站间穿梭

我会告诉你
只因我是优秀公交文化的传承者
安全行车平稳驾驶　把乘客安全送至终点
是我们至高无上的职责

你问我
是什么让我在三尺票台前端坐
耐心解答　扶老携幼
十米车厢　挥洒汗水　耕耘不辍

我会告诉你
只因我是优秀公交文化的传承者
认真执行服务规范　倡导文明服务行为
是我们引以为豪的工作

你问我
是什么让我在调度台前思索
关注车辆　叮嘱人员
确保车辆间隔均匀　保障乘客满意乘车

我会告诉你
只因我是优秀公交文化的传承者
调整好每个间隔　维护好运营秩序
是我们矢志不渝的原则

你问我
是什么让我在一点一滴中摸索
节能降耗　绿色出行
交流低碳工作经验　倡导绿色环保生活

我会告诉你
只因我是优秀公交文化的传承者
打造电车新能源绿色环保品牌
期待着我们开拓

以人为本　乘客至上
是我们工作的动力和原则
不断钻研　努力拼搏
为的就是让人民群众满意　认可

服务人民　奉献社会
是我们永恒的承诺
人文公交　科技公交　绿色公交
是我们不变的选择

昨天　我们团结协作　硕果累累
今天　我们携手并肩　只争朝夕
明天　我们共同奋进　再创辉煌
骄傲啊　我是优秀公交文化的传承者
公交前进的道路上　有你有我

你好，公交车司机

北汽集团　彭文凯

晨曦未初露
我们却已踏上征途
披星戴月去追逐那彩虹
默默地微笑送温馨
霞光已初露
我们坚守在岗位上
一心为乘客服务最光荣
无论春夏秋冬
构建和谐需要大家支持与努力
阳光下面展示公交司机

作者：刁立声

激情与梦想
旭日已升起
光明在向我们走来
信誉第一宾客至上的理念
已深深植入我们的心

阳光正灿烂
我们行驶在道路上
一心为乘客服务最光荣
投身企业建设
公交司机的情是首歌
流露着对乘客的那份爱
公交司机的爱是条河
呵护着对乘客的那份情
尊敬的乘客们
热情中让您感受荣光
让我们携手未来直到永远
共创和谐，共享成果

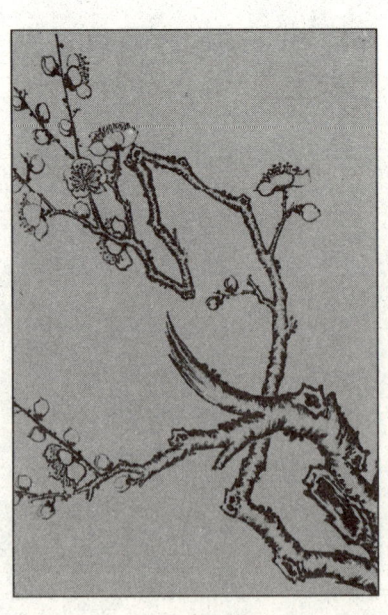

作者：徐文兰

"她"

新奥客运分公司　段贤达

是谁
在播撒着文明的种子
是谁
在披星戴月常年如一日地默默工作
是谁
在寒冬腊月里抛家洒热血地为市民服务着
是"她"
那远远望去人群中那一抹湛蓝
是"她"
那平凡而又伟大的背影
是"她"
那声声甜美却有穿透力的嗓音
是"她"
那乐于助人、甜美的微笑
每当我想起"她"
像初恋时的感觉，心潮澎湃
像新婚的夫妻，形影不离
又像广阔的大海，苦涩而又不可或缺
有人说
"她"是没有前途的"人"
还有人说
"她"是一个没有素养的"人"

朋友们，告诉他们吧，他们错了！
"她"是一个纯美的"人"
"她"是一个善良的"人"
"她"是一个甘于奉献、努力拼搏的"人"
"她"更是一个最可爱的"人"
我愿身临其境
情愿跟"她"走
她的精神是我路灯指引我前行
我要一生追随"她"
因为她的血液渗透我的身体
我要一生奉献"她"

作者：杨建立

微笑的魅力

新奥客运分公司　周东海

给对方送去一个微笑
换来意想不到的奇效
给乘客留下一个微笑
纠纷旋即会迅猛减少
同事之间多一分微笑
隔阂顷刻会被化解掉
脸上经常带着分微笑
心头必然少几分烦恼
微笑是一剂灵丹妙药
微笑是为人处世之宝

车

八方达公司　王秀辉

我每天都陪伴在您的身旁
与您披星戴月四季奔忙
我们是"窗口"代表着首都的形象
咱们共同耕耘，收获着劳动的希望

您问我是谁
您怎么把老朋友遗忘
如果没有了我，您肯定要改行
报出我的大名还请您多多原谅

在公交团队中我就是"车辆"
钢筋铁骨塑造了我的坚强
乘客的需要就是我们的方向
肩负着公交使命我们无限荣光

车轮滚滚服务着四面八方
改革发展的成果展现在首都的城乡
长安街上有我靓丽的身影
郊区路上有我八方达绿色的彩装

谁没有体验过公交车的客运流量
是我连接着亿万个家庭、学校和工厂

我——是司、乘热心服务的载体
师傅们把我就当铁哥们一样

钢铁造就了我的身躯
发动机就是我的心脏
机油如同流动的血液
燃料是催我前进的能量

车灯就是我的慧眼
把前进的方向照亮
车轮滚滚承载着巨大的压力
请按时——给我检查、充气和保养

偶尔我也会出现故障
定是您把"例检"的内容遗忘
违规操作会造成我的机件受损
只要您爱护我——这一切都可以预防

有人说我像"老虎"
那是您把我冤枉
凡是出现的责任事故，根源都在于人的违章
机械故障定是因为对车辆保养时出现漏项

我是您忠实的朋友
严冬里为您把温暖送上
夏季里有空调给您带来凉爽
安全行车我一定不负众望

虽然——我不会说话，可也有思想
是电子设备增长了我的智商

智能化公交是城市发展的方向
字幕、视频、自动报站为您适时的播放

风雨雪雾不能阻挡我前进的铿锵
春夏秋冬我们在运营中歌唱
随着车龄的增长
我也可能会生病添伤

定期"年检"确保我筋骨强壮
精检细修才能让我身体健康
我是一名忠诚战士
相信我绝不会中途"泡汤"

我与您共同经历过雨雪冰霜
人、车、路要和谐，安全才有保障
为了发展公共交通
我们恪尽职守天天向上

最初的信念

  ——献给公交保修系统全国劳模　关月刚

    保修分公司　段建伟

削瘦的臂膀平凡的面庞
粗糙的双手忙碌的身影
朴实的北方汉子
以一份对信念的执著
坚守公交保修三十年

没有豪言壮语
没有可歌可泣的事迹
唯有平静的坚持
唯有三十年如一日的倾情付出
唯有在岁月的痕迹中对信念的坚守

这是一个守护者的职业
这是一个少有人关注的职业
这是一个需要汗水和真诚浇灌的职业
这是一个少有人问津的职业
但是这里却深藏着老一辈公交人的魂魄
这里同样蕴藏着对老一辈公交人深深的敬意

伴着清晨的淡淡星光
抚摸着方向盘望向前方

坚定的眼神仿佛与老伙计无声的交流
自信的操作流水般行过
在城市的角落里新的一天周而复始平凡开始

伴着夜晚散发着光晕的灯光
在寂静无声的公交场站
默默地检修直至月攀当空
捶捶酸痛的后背
卧在硬硬的躺椅上沉沉入眠
如释重负的笑容浮上脸庞

冬日刺骨的凛冽寒风
夏日高温的似火骄阳
风霜雨雪不能阻挡信念的脚步
坚定的身影出现在站台上
微笑的服务低声的叮嘱
心与心的交流让安全常驻心中

信念是永不放弃（爱迪生在实验室里用自己的行动作了回答）
是执著的追求
接过老一辈的接力棒
在改锥与扳子敲出的奏鸣曲里
在车轮运行的轨迹里
他的信念是共铸平安北京、平安公交

信念是勇气（简爱在荒芜人烟的沼泽地上如是说）
是与困难搏斗的坚强毅力
无论面对逆境中的困扰
还是面对顺境中的诱惑
寂寞的心灵中波澜不惊
在公交车辆节能降耗的行动中

在线路公交车辆的检修延伸中
他的信念是共建绿色京城、绿色公交

信念是牺牲（尝遍百草的李时珍在田野里执着的回答）
是不懈的坚持
三十年的汗水与泪水浇灌出坚强的灵魂
三十年的激情和感悟栽种出丰硕的果实
让我们明白感动人心的力量可以淡然无味

信念是一个善良的轨迹
扶危济困义举数不胜数
尊老爱幼美德常驻心中
保驾护航行动诠释责任
唯有对亲人的深深的愧疚留在心中

钢铁敲击的音符
和着城市的奏鸣曲
迎送平淡而光荣的人生
伟大的精神在公交保修沃土上放大
始终如一的信念其实很简单
那就是对岗位的忠诚

大山的儿子

保修分公司　马振涛

我喜欢山间泥土的味道
也许它并没有什么味道可言
但在我的心里面
它是一种记忆存放已久的感觉
因为我是大山的儿子
坚毅的胸中时刻燃烧着渴望

对于一个群山里走出来的孩子
也许泥土有着永恒的别样气息
当我踏入公交保修车间的大门
仿佛一切都那样的陌生
但是我要做一根火柴
在摩擦中燃烧起人生的理想之火

翻资料、查手册、问师傅、磨技术
服务优秀　保障有力的理念已经生根发芽
经受奥运、国庆服务保障的洗礼
炙热的柏油路面上留下过我的汗渍
无数个寒暑假日在服务车中度过
辛勤的汗水成就了最年轻的保修技师
一个全新的我正迎面走来

作者：李新政

除夕的焰火已然散尽
宁静的夜空中仿佛又飘来山间泥土的清香
大山深处，皱纹堆垒的老人正在期盼
噼啪的篝火映出老人孤独的身影
娃呀，啥时候才能回家团圆
爹，又要说对不起了
今年的除夕又不能在您膝前对饮
因为这是儿的工作
保障每一部公交车顺利回家就是儿的职责
待到春暖花开
儿会把北京公交的问候带给您

作者：佘　宏

在这里

保修分公司　陈婧靓

在这里
没有笔挺的西装
却有行动自如的工作服
穿上这身蓝色
他们便是公交车的守护神

在这里
没有安静的写字间
却有轰隆的机器
叮铛中
奏出一首最动听的旋律

在这里
发动机不懂活力，马达不懂温柔
一经敲击
听懂了你的语言
旋转中，带着你的柔情蜜意

在这里
下地沟前，是白净的手
从地沟出来，脸落着浓黑的装彩
脏了自己
换回优质的保修车辆

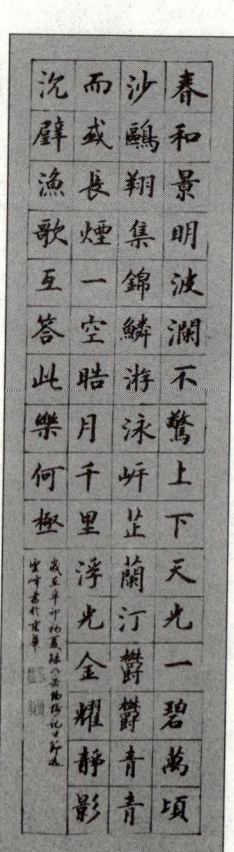

作者：李云峰

运营的满意
千家万户的出行安全

在这里
敲敲打打
是歌声的伴奏
轰轰隆隆
是欢笑的渲染

在这里
锤子，灵动
拍和着生命里不息的节奏
钳子，智慧
塑造着每一处人生的意义

在这里
那双手
粗糙油腻
那颗心
坚韧细腻
那品质
朴实平凡

公交车顺畅行驶
滚滚车轮
映衬着保修人
一腔热血

光荣的公交保修工

保修分公司 曾 荣

往来穿梭的车流中,
流动着我们的甘苦。
上上下下的乘客里,
涌动着我们的快乐,
瞧,那平稳宽广的道路上,
跑着一辆辆公交车辆,
满载着我们的骄傲和自豪。
因为我们是——
光荣的公交保修工。

从春到秋的岁月里,
流逝着我们的青春。
红红火火的车间里,
有我们默默的奉献。
看,维车保运的岗位上,
职工们团结奉献努力工作,
展示着我们的风采和力量。
因为我们是——
光荣的公交保养工。

我把赞美的歌 献给公交保修工

保修分公司 曾 荣

北京公交的服务赢得市民由衷的赞扬
它承载了一代代公交人的梦想
时代赋予我们光荣的责任和任务
我们把青春和不灭的希望燃放

我们骄傲地写下：敬业奉献一线二线我们的精彩同样
心在翔，那是国歌唱响
公交保修职工为优质车辆运行保驾护航
承载的责任在心中荡漾

为奥运奉献时时记取在我们心上
共享神圣，同谱奥运史上的辉煌
英雄的名字一个个在拼搏中传扬
展示了公交员工的奥运风采与形象

一支队伍在默默奉献着
市民在交通环境中，感受到他们的劳动高尚
拼搏进取，摸爬滚打，钻研技能
他们不愧是精业的模范、敬业的榜样

这支队伍有劳动模范李润青、吴业华、关月刚
问修、强检、跟踪制彰显出充分的技术保障
他们是光荣的公交保修工

虽没有光环萦绕，但这些名字不会轻易被淡忘

他们就是英雄，因为付出努力极不寻常
我曾几次被他们的事迹感动得热泪盈眶
他们时刻践行着"三个坚持、四个加强"
质量呼唤细节，保修车辆后还要跟踪回访

一切奉献保驾，多么荣光
一切为了运营，奉献型、拼搏型职工多么时尚
确保乘客安全，文明快捷的乘车环境
加班加点抢速度，牺牲自我、求实奋进树立公交形象

清晨顶着晨光出发，到站点掌握车况
精检细修解决每一个车辆故障
提高保修车质为运营一线护航
他们肩负着神圣的使命，技术精湛，责任心强

酷热中，厂房里，他们忙碌得满脸汗淌
雨水里，站点上，他们检修着每部车辆
运营车辆优质达标，乘客赞叹、市民夸奖
这一切缘有24小时不间断的服务保障

是的，在我们的工作岗位平凡又平凡
然而，它闪耀着公交职工伟大的光芒
平凡的公交战线创造了不凡的辉煌
辉煌中焕发着公交人的激情和热量

公交职工在本职岗位上
诠释着服务市民的崇高思想
确保公交运力充足、便捷、高效
出色完成奥运、国庆、上会车辆的服务保障

他们奔赴一线、站点、车间厂房
不舍昼夜，保修工同心献力量
实现了预期目标：车辆运行零故障
崇高的使命始终牢记心上

实现"三不发生"是公交运输的基础保障
维车保运，多出车、出好车保修职工挑大梁
公交保修职工，默默奉献的幕后英雄们
不倦的精神、境界的高尚给我们的感动溢满胸膛

公交保修职工，最可爱、最可信，最顽强
他们把全部精力倾注在服务一线的岗位上
一切辛苦抛之脑外，甘苦之后是甜美
完成任务的他们比谁笑得都真实响亮

我们说奉献公交不是一个概念，是奋斗、是力量
保驾运营车辆是出发点，又是落脚的地方
挥汗如雨做贡献、平凡的岗位熠熠闪光
我们的精兵强将舍小家，顾大家，急一线所急　想运营所想

你们看，保驾队员步伐轻快，踏着晨光
奔赴外勤站点　那是他们忙碌的抢修现场
无论遇上什么疑难杂症
我们的"车大夫"手到病除，善打硬仗

当一部部完好、优质、舒适的公交车辆
行驶在清洁、宽广的道路上
各界宾朋乘坐车上　是那样笑呵呵、喜洋洋
他们就会感到惬意的爽，轻轻把小曲儿哼唱

看！公交运输战线上，人美、车好、路畅
那条最美的风景就是我们把公交车扮靓
多少烦恼惆怅，多少辛苦劳累都被遗忘
聚精会神抓生产、一心一意保质量

保修人靠双手、靠智慧、靠拼搏诠释了
要勤学苦练，拚搏奉献。空谈误国，实干兴邦！
幕后的英雄展现着人们的意志，技能和力量
升腾为我们对公交劳模的无限敬仰

默默无闻的保修工，以苦为乐把重任提纲
他们不为利，不求功，拥有的是积极、乐观、向上
一个心灵净化的群体
想的是勤劳奉献，交通保障，铸恢弘、为企业争光

清晨，不等天光放亮
我们的小分队已奋战在保驾现场
不怕酷暑炎热
无畏风雨寒凉

精湛的技术让患病车一次次痊愈
他们用实践体验保修人奉献的崇高思想
行驶的车辆中满载的是自豪和骄傲
因为两个目标实现了：零抛锚、零故障

往来穿梭的车流中流动着他们的力量
上下的乘客中涌动着公交一族的欢畅
我把赞美的歌，献给那些无名的保修战士
他们苦干、务实、精钻、奉献、爱岗

冉冉朝霞绽放大地又是新的繁忙

春华秋实我们收获着美好的希望
为使公交事业更加发达兴旺
我们的保修职工再谱写新的篇章

公交先锋

八方达公司　张黎明

京郊大地	日新月异	别墅丛生	高楼耸起
大路畅通	处处商机	八方宾客	聚散云集
公交先锋	抓住机遇	提供出行	快捷便利
城镇乡村	布满轨迹	绿色闪闪	点缀地衣
服务周到	安全紧记	重点照顾	尽显礼仪
航空理念	追求信誉	传递和谐	播撒友谊
公交枢纽	拔地而起	倒乘方便	不拥不挤
科学调度	间隔合理	卫星导航	井然有序
国产新车	舒适迷你	低碳环保	豪华霸气
企业发展	争创优异	严格管理	素质整齐
党政工团	后勤统计	各司其职	同舟共济
安全把牢	服务报喜	运营快捷	乘客满意
后勤保障	工会有力	技术护航	心中有底
开拓思路	集思广益	占领市场	积极进取
做大做强	再接再励	重塑辉煌	再创佳绩

雏菊的理想

第六客运分公司　韦鹏

三月里温暖和煦的街区，有人还带着睡意
灯红柳绿的都市，已伴着期盼中的春天，悄悄醒了过来
穿梭忙碌的人群，却顾不上看一眼身旁的绿
墙角，有株娇小的雏菊，怀着稚嫩的理想
晒着太阳，等待在下个黎明前开放

雏菊的身旁，人来人往
她抬眼望，行色匆匆的人们总是如此繁忙
她携起伙伴的手，勾勒出首都绿色的轮廓
雏菊的身旁，泥土芬芳
她不曾孤独，有轻轻的足迹，印满身边的小径
她默默付出，用浅彩和淡香点缀简朴的生活

每位公交人都是一株雏菊
在一个个不经意的角落里闪烁着脸庞
用辛勤滋润你我的心田
用激情完成平凡的使命
用奉献铸就不朽的丰碑
她们全心全意，她们服务创新
她们负重坚持，她们厚积薄发
她们用坚实的脚步在点滴服务中实践着公交精神
她们让忙乱的人群品味着幸福与和谐

当霓虹闪烁,倦鸟归巢
公交人还兢兢业业,忙碌在第一线
当晨昏交替,白露初凝
公交人已披星戴月,开始新的一天
直到吹响收兵的号角
她们才将疲惫凝成一弯美丽的微笑

雏菊就是这样,一如公交人的勇往
怀揣理想
在大地上无声地蔓延生长
在人心处包裹起柔软的善良
在这属于大家的城市中飘逸徜徉

作者:罗庆生

晨　曦

第六客运分公司　宋桂玲

晨风吹醒宁静的大地，
城市还留着霓虹灯的光晕；
伴着朦胧的晨曦，
走来我们公交人。
一块抹布，
擦亮了城市的窗口；
一个微笑，
催开了车厢里的朵朵春花；
一句问候，
道出了公交人的情怀；
一把搀扶，
扶起了人世间的温暖；
满腔热血，把城市的动脉通连。
我们是时代的先锋。
是先锋，当走在时代的前列，
把我们的人生，
化成一张五彩的地图，
方便乘客的出行；
我们是流动的风景。
是风景，当是美丽绝伦，
用我们毕生至爱，
刻画人生精彩。

后 记

在文化蓬勃发展的今天，诗人继续在用自己的热情追求着生命的价值，北京作协诗歌委员会和北京公交集团工会共同完成的诗集《情满公交》——诗人写公交对这一命题做出了最好的诠释。对于北京作协的诗歌委员会来讲，这是一项充满使命感的工作，为公交人而作是对公交人无私奉献的讴歌，作协秘书长王升山满怀信心地设想着该采用什么方式来丰满丰富这部诗集。

2月8日第一次的策划会上，采用诗歌的方式来赞美公交人，用精悍有力的诗句反映真实的公交，这一想法获得了公交集团工会的共识，于是便开始积极地筹划。对于拥有十一万员工和二十二个二级单位的公交集团来说，诗人黄殿琴建议让众多的诗人加入，这体味着浪漫诗人的诗行与公交情感的融合，让公交人的情感为诗句赋予鲜活的生命，有生命的诗句才最能引起人心底的共鸣，才能像一滴泉水滋润到心窝。

2月17日，诗人们和各二级单位工会的主席们纷纷齐聚一起举行了启动策划会。诗人们畅所欲言，纷纷表达自己对公交的感情及创作欲望。诗人自愿与公交各二级单位对接，大家像是结交朋友一般，场面十分热闹，双向达成了共识，此次会议也为成功的诗歌创作奠定了坚实的基础。启动策划会后，作为组织者的黄殿琴常常与几十位著名诗人沟通，寻问创作进展，每位诗人都积极投入到公交一线，进行了多次热情的采风，三月中旬就陆续送来了精美的诗歌作品，到了四月初在碰触诗稿的同时，考虑到"同唱一首歌"便又策划出公交员工参与创作的想法，培训、动员、创作等一系列工作再次布置下去，不到半个月的时间，"公交诗人"的诗稿也神奇般地完成了，也就是说五一之前，所有的稿件全部到位。可谓篇篇精彩,从诗人的文笔中能看到真诚,这也是诗人对公交人敬意的结晶。通过诗歌,人们会更加尊重公交人,因为他们通过自己日复一日平凡的工作,保障着这个城市的正常运行。近千条公交线路就像血脉一样支撑着这城市的躯体。血流无声,几十年来北京公交就是这样默默地运营着。

值得一提的是,著名画家爱新觉罗金大钧老师闻讯用了十天的时间为"公交劳模"创作了巨幅画作"百花齐放",浓墨重彩中融入了他对公交战线的深厚感情。参与采风创作的全部诗人,参与接待诗人的无数公交员工,这个庞大的队伍,实在是一道亮丽的风景线,贯穿于蓬勃生机的北京城,大家一路同行一路畅顺,《情满公交》这股暖流实实在在的流动在公交人和诗人们的心中。一篇篇诗作,充满着诗人们对公交人的尊敬、热爱与疼惜。一位老诗人无数遍地说:要感谢北京作协组织的这项采风创作活动,让我有机会这样近距离地接触到公交人,他们实在太朴实,太伟大,也太默默无闻了。看着诗人们的文字,感觉到诗人们通过诗歌创作、吟咏抒发激情,歌颂了人间的真、善、美;而公交人,这群平凡的劳动者,他们正是在用自己的身体力行来书写着人间的真、善、美。正是这种对于真、善、美的追求与热爱,将诗人与公交人完美地契合在了一起,这种心灵的碰撞才能产生出这些感人肺腑的诗句。这样的诗行不但能感动公交人,也必将感动所有读者,因为人们心中都有那份对于真、善、美的向往。几乎每个人都坐过公交车,我们等在车站上,心中确信一会儿公交车就会像往日一样的到来,像往日一样的行驶,像往日一样的送我们想去的地方。我们习惯了这份一如往常,确也忽略了这背后公交人的日夜辛劳。人们尊重公交人,更因为他们如此重要,他们如此甘于无声。"用我们最热爱的诗歌来歌颂最值得尊重的公交人"这大概就是北京作协与北京公交集团完成这本诗集的初衷吧。

《情满公交》成果是超乎想象的,要感激的人实在太多,要感谢的话实在太多；要感谢诗人的热情，诗人的真诚，诗人的智慧，才有这样熠熠生辉的作品；要感谢北京公交集团给了诗人们近距离的接触公交人的机会，要感谢所有的公交人几十年来的坚守与奉献，你们是这部作品真正的灵魂。

北京作协诗歌委

2012年5月1日

北京公交之歌

晓城词 朱廉洁曲